Tous les jours,
Suzanne

CRÉDITS CHANSONS

« SUZANNE »
Compositrice-Auteure : Sophie HURIAUX
Interprète : LA GRANDE SOPHIE
© SPIN OFF TM, LGS MIOUSIC

« MARTIN »
Paroles et musiques de Sophie HURIAUX
© EMMA PRODUCTIONS

« NOUS ÉTIONS »
Compositrice-Auteure : LA GRANDE SOPHIE
Interprète : LA GRANDE SOPHIE
© LGS MIOUSIC

« QUAND LE MOIS D'AVRIL »
Compositrice-Auteure : Sophie HURIAUX
Interprète : LA GRANDE SOPHIE
© LGS MIOUSIC, SPIN OFF

« LE LARGE »
Compositrice-Auteure : LA GRANDE SOPHIE
Interprète : Françoise HARDY
© LGS MIOUSIC

www.editionsphebus.fr


ISBN : 978-2-7529-1416-3

La Grande Sophie

# Tous les jours, Suzanne

PHÉBUS

*J'ai découvert la douceur d'avoir derrière moi un long passé.*

Simone de Beauvoir, *L'Âge de discrétion*

*Le succès n'est pas final.*
*L'échec n'est pas fatal.*
*C'est le courage de continuer qui compte.*

Paraphrase de Winston Churchill

*Est-ce que tout le monde éprouve le besoin d'écrire pour se raconter ? Peut-être est-ce une façon de se rassembler pour ne rien perdre. Nous avons tous besoin d'une oreille supplémentaire. À toi, Suzanne.*

Chère Suzanne,

J'ai failli tout arrêter.

Je me suis perdue dans mes pensées durant une longue période.

Le temps de revenir vers moi, puis toi, me revoilà. Je suis trop sensible en ce moment. Tu me diras : comme toujours. Le peu de visibilité de mon dernier album m'a déstabilisée. J'accepte qu'un projet touche moins, je n'accepte pas qu'on ne lui donne pas toutes ses chances. C'est ce qui s'est passé. Je me suis sentie si seule.

Mais je vais mieux.

Aujourd'hui, j'ai été troublée par un post de Joan Baez qui réagissait à la mort de Tina Turner. Elle y évoque un souvenir qui les rassemble. Je regarde cette photo sur laquelle on les voit assises toutes les deux à la même table. En légende, Joan Baez explique que sa carrière faisait à ce moment-là un beau plongeon alors que celle de Tina Turner était au sommet. Cet aveu m'a émue. Qui imaginerait que Joan Baez a connu des passages moins fastes ?

Dans mon métier, tout le monde fait bonne figure, on ne parle pas d'échec, l'échec fait fuir et tient à distance. Pourtant il y a des hauts et des bas, c'est une réalité et je crois que personne n'y échappe.

Une question me revient régulièrement : comment j'en suis arrivée là ? Je ne suis pas le prototype d'un succès fulgurant, je ne suis pas mondaine, je n'appartiens à aucun clan. Je suis la solitaire. J'ai fait des rencontres au bon moment sans doute mais j'ai toujours été à la barre de mon voilier. Peut-être ai-je eu une bonne étoile ? Peut-être que mes chansons ont eu ce pouvoir de me porter jusqu'ici ?

Je crois surtout que l'enfance a la puissance de nous concentrer sur nos rêves. Je ne voulais pas les trahir alors je me suis programmée pour ne penser qu'à ça, qu'à devenir qui je suis.

À partir d'aujourd'hui, je te promets de t'écrire plus régulièrement.

Suzanne,

Voici ma fiche signalétique, spécialement pour toi.

Je mesure 1,78 m et je chausse du 41. Mon nom de famille est Huriaux. Sophie est mon unique prénom.

Quand je suis sortie du ventre de ma mère, on lui a dit : « Elle crie très fort et elle a de grands pieds. »

Je suis née à Thionville un vendredi à 7 heures du matin. Thionville est dans l'est de la France, en Moselle, département 57. Je suis Cancer ascendant Lion.

Mon frère, Mathieu, est arrivé deux ans et demi plus tard. Lui aussi n'a qu'un prénom. Il m'appelait Eti à l'âge où l'on déforme les mots. Le film *E.T., l'extra-terrestre* se prononce pareil, mais il n'était alors pas encore sorti.

Nous ne sommes pas restés à Thionville longtemps car mes parents rêvaient de la mer. Solmer, devenue Arcelor-Mittal, ouvrait à Fos-sur-Mer. Nous sommes partis tous les quatre vivre à Port-de-Bouc, à trois kilomètres de là et à 40 kilomètres de Marseille. J'allais avoir 3 ans.

Je n'ai jamais compris pourquoi on avait défiguré ainsi le littoral. L'usine ressemble à une ville en métal avec d'énormes hauts fourneaux entourés d'immenses cuves. La nuit, quand tout s'illumine, on peut y trouver un certain charme, mais si de la fumée sort des cheminées, ça pue. Je n'ai jamais compris pourquoi on avait permis d'abîmer l'air de la sorte.

Nous avons vécu deux ans dans une barre HLM au huitième étage avec vue sur la Méditerranée. Par la suite, nous avons eu une maison dans un lotissement, c'est là où j'ai grandi. Mes parents y vivent encore.

J'ai poussé relativement calme, avec des pointes d'accents du Sud ; je me suis mise à dire Peuchère et à prononcer Rôse au lieu de Rose, Jaûne au lieu de Jaune.

*Les Dents de la mer* est sorti un an après que j'ai appris à nager. J'ai toujours nagé vite avec la trouille de me faire croquer. J'ai eu trois peurs dans ma vie d'enfant : les requins, l'appendicite et que mes parents se séparent.

Quand on me demandait ce que je voulais devenir plus tard, je répondais chanteuse. Je m'entraînais à tue-tête. Il y avait cette petite fille, Nikka Costa, du même âge que moi, sa chanson « On My Own » passait en boucle sur mon tourne-disque. Je ne comprenais pas un mot d'anglais, je n'avais que 9 ans mais je m'appliquais à reproduire chaque détail, chaque intonation, chaque respiration devant la glace, en play-back.

Dans les années soixante-dix et quatre-vingt, mon frère, mes voisins et moi étions ce genre de gamins qui jouent dans l'allée. Les copains venaient à la maison, ça ne dérangeait pas mes parents. Nous nous rendions rarement chez les autres car leurs mères frottaient. *Frotter*, dans le Sud, c'est laver le sol.

Combien d'heures avons-nous passées à éplucher le catalogue de La Redoute ? Nous avons tous grandi et l'enfance s'est éloignée de l'allée. Plus de jeux, plus de cris, la rue est redevenue calme. Mathieu était le sosie de Coco, le fils de Claude François. Je sais, c'est difficile à imaginer quand on me voit. Il était blond avec la coupe au bol. Ce sont nos voisines, trois villas plus haut, qui nous l'avaient fait remarquer. Comme elles étaient dingues du chanteur, ça les enchantait de croiser mon frère, ça les rapprochait de leur idole. Lorsque Cloclo est mort, elles descendaient et remontaient la rue, le visage défait. Elles venaient dire bonjour, dévastées par le chagrin, mais si Mathieu apparaissait, alors leur sourire revenait comme par magie, c'était un shoot de bonheur. Moi, j'ai toujours trouvé qu'il ressemblait à Sting.

Ma scolarité a été constante, je n'ai jamais redoublé. Mon cœur s'accélérait quand on citait mon prénom pour aller au tableau. Encore maintenant, mon cœur s'accélère à la caisse d'un magasin si c'est mon tour.

Ma mère était infirmière libérale, j'écris *était* vu qu'elle est à la retraite. Mon père est syndicaliste, et cette fois je parle au présent car même retraité il s'investit pour défendre les ouvriers. J'ai toujours indiqué *technicien* sur les feuilles de renseignement scolaire.

Ma mère disait « Je pars faire ma tournée » quand elle se rendait chez les gens pour leurs piqûres. Parfois elle nous emmenait. Moi aussi aujourd'hui je pars en tournée, mais c'est pour chanter.

Comme nous étions sur une zone sismique, ma mère nous a toujours répété qu'en cas de tremblement de terre, il ne fallait pas se réfugier dans la forêt à côté de l'école mais se cacher sous une table. J'allais quelquefois dans les bois avec des copains pour enfouir des messages, j'écrivais sur des emballages : « Nous avons existé, nous sommes en 1978 et ceci était un Malabar à la fraise. »

Elle nous avait bien expliqué de n'accepter aucun bonbon, de ne grimper dans aucun véhicule pour revenir des cours. Il n'y a pas eu d'incident, tout s'est bien passé, nous n'avons pas connu de personne malveillante, sauf une fois.

Je faisais du vélo avec Lucile, mon amie d'enfance, quand un monsieur en voiture s'est arrêté pour qu'on lui indique son chemin. J'ai pris sa question à cœur, mais pendant que je lui détaillais sa route, il a dévoilé son sexe. J'ai eu si peur que je suis partie en courant jusque chez moi. C'était comme un tremblement de terre. Ma mère m'a demandé si j'avais pu relever sa plaque d'immatriculation mais j'avais tout laissé en plan pour sauver ma peau, même Lucile.

J'ai passé quinze ans dans cette petite ville aux portes de la Camargue. Mes rêves s'agitaient dans ma tête. Avec mon frère et notre copain Fabrice, nous avons monté notre groupe, j'avais 13 ans, nous nous appelions Entrée interdite.

Mathieu était un dieu de la batterie, Fabrice jouait du saxo et du synthé. J'étais au chant et je gratouillais. Un autre guitariste nous a rejoints, il avait la même voix que Jean-Louis Aubert sauf qu'il se prénommait Georges.

J'ai attendu que les années filent. J'ai toujours souhaité être grande pour savoir ce que j'allais devenir. Maintenant que je le suis, tout me dépasse. Je veux que le temps s'arrête, mais si le temps s'arrête c'est que je suis morte. Je suis pleine de contradictions. Oui, hier j'attendais demain.

Chère S,

Te souviens-tu des robes que portait Peau d'âne ? Je les aimais toutes. Qu'est-ce que j'ai pu regarder ce film de Jacques Demy ! Enfant, je voulais que ma vie soit une comédie musicale.

Je voulais un âne qui défèque des pièces d'or dans mon jardin. Je voulais ressembler à Catherine Deneuve, mais je n'étais pas blonde. Petite fille – oui, j'ai été petite –, elle me fascinait. Elle incarnait ce qui me semblait être l'inverse de mon quotidien. Son allure sophistiquée contrastait avec mes chaussures orthopédiques, les Dr. Martens de ma mère, les salopettes de mon père. Son brushing était mon fantasme révolutionnaire pendant que mes parents nous emmenaient faire la marche du plateau du Larzac – oui, j'ai fait le Larzac en août 1977. Je venais d'avoir 8 ans. Les manifestants ressemblaient tous à mes parents, des hippies qui brandissaient des slogans antimilitaristes. Je ne me souviens pas de tout, je suivais. Un enfant n'a que ça à faire : suivre ses parents. Il faisait très chaud. Des toilettes provisoires avaient été échafaudées avec des bottes de foin et des planches. J'avais peur de tomber dans le trou. On a dormi et campé sur place, sous la canadienne, avant de repartir dans notre Mehari orange, un vrai tape-cul avec lequel on a parcouru de nombreux kilomètres.

Même dans ces moments-là, l'espoir de rencontrer Catherine Deneuve m'a accompagnée. Je m'inventais des prières imaginaires, je me donnais des gages. Si je n'avais pas touché trois fois la porte avant qu'elle ne se ferme, j'amenuisais mes chances de l'apercevoir un jour dans ma vie. Je glissais toujours une photo d'elle dans ma trousse et, quand je déballais mes affaires en classe, mon héroïne apparaissait. J'avais des étoiles plein les yeux. Je connaissais mieux sa filmographie que n'importe laquelle de mes leçons. Je m'amusais même à signer de son nom. À 12 ans, je me suis mise à lui écrire à l'agence Artmedia pour recevoir des dédicaces. Lorsque le portrait arrivait chez moi après de longues semaines à guetter le courrier, Paris entrait dans ma chambre et l'illuminait.

Et puis, il y avait les Césars. Je les enregistrais : je déposais mon magnéto K7 au pied du téléviseur, j'enclenchais le bouton REC/PLAY et j'étais comme un chien de garde, à l'affût, les oreilles dressées, je faisais taire toute la famille. Mes parents, eux, rhabillaient les acteurs et les actrices pour l'hiver, je me débattais pour obtenir le silence, je ne tolérais aucune bouche croquant dans une pomme, aucune toux ni aucun échange entre mon père, ma mère et mon frère. Je n'acceptais que le son de la télé. Dès la fin de l'émission, tout le monde soufflait, moi je filais au lit et j'appuyais sur PLAY. Le bonheur, le vrai cérémonial pouvait alors commencer, je me laissais emporter dans de doux rêves.

Bien plus tard, à Paris, j'apprends un jour que Catherine Deneuve signe son livre au Virgin Megastore des Champs-Élysées… J'étais à deux pas. J'avais pris soin de l'acheter. Quand je le lui ai tendu, j'ai contrôlé ma main tremblante. Elle a demandé mon nom… « Ah ! La Grande Sophie, c'est donc vous ? » Je n'en revenais pas.

Elle m'a proposé de nous revoir et a noté son numéro de téléphone sur un bout de papier. Je suis repartie, légère, je flottais dans l'air. Mon actrice favorite avait écrit : « Avec toute mon admiration. » Je tenais entrouvert le livre pour relire la phrase, inlassablement.

J'ai laissé passer quelques semaines et j'ai composé la précieuse suite de chiffres : « Le numéro demandé n'est pas attribué. » J'ai préféré croire à une maladresse ou un stylo indiscipliné qu'à une ruse ; elle avait dû se tromper, on ne saura jamais. Et puis, au fond, je lui aurais dit quoi ?

Catherine Deneuve est restée, avec toute mon admiration, dans ses films et sur le papier glacé des pages de magazines que j'avais découpées et collées dans mes classeurs, ces pages de l'enfance blotties à l'état de rêve au fond de moi, quelque part.

S.

Suzanne chérie,

*Chérie.* Ce mot si joli. Je le prononçais chaque soir, enfant, quand ma mère venait m'embrasser au lit. Dès qu'elle passait la porte de ma chambre, je criais : « Au revoir, maman chérie ! » de tout mon cœur comme si c'était la dernière fois que je la voyais. Mon frère faisait écho, « Au revoir, maman chérie ! ». Elle répondait par une douce phrase et chacun s'endormait, rassuré.

Nous n'avons jamais partagé de « Bonne nuit » dans la famille, ni de « Bon appétit » d'ailleurs. Ces formules me sont étrangères. Les « Je t'aime » étaient écrits sur les lettres, les cartes. Pas besoin de les dire, nous nous savions adorés.

À 10 ans j'ai pris conscience que mes parents, comme de nombreux autres couples, pouvaient se séparer. Cette crainte m'a fait promettre que plus tard, si j'avais des enfants, ça n'arriverait pas. À l'intérieur de moi vit l'espérance que tout peut durer éternellement – j'ignore si c'est un schéma que je reproduis ou si c'est inhérent à ma personnalité.

Chérir quelqu'un, quoi de plus beau ? Il faudra que je te raconte comment j'ai rencontré mon inséparable, celui qui a toujours été à mes côtés et qui est devenu mon mari, Bob. Nous sommes comme les hirondelles de mon jardin, à deux sur cette branche qu'est la vie.

Suz, Susie, Suzette, Susu, Suzanna,

J'aime bien te gratifier de petits surnoms.

Une passion dans ma vie : je change souvent les prénoms de mon entourage. Mon père est devenu Narbé au lieu de Bernard. Ma mère, J. – après de nombreux essais, je l'ai finalement rebaptisée de la première lettre de son prénom, Jacqueline. Mon mari, c'est Bob et non plus Patrice, en hommage à *Aggie*, la BD des *fifties* que je dévorais quand j'allais en vacances chez mes grands-parents. Aggie était une étudiante américaine qui se débattait pour tout gérer dans sa vie. Son *boyfriend* s'appelait Bob, les deux étaient inséparables. Lorsque j'ai connu Patrice, il avait la même forme de visage que Bob dans la BD.

Mes amis n'y échappent pas : Delphine de Vigan est devenue Shakira. Une histoire de cheveux blonds bouclés. Quant à moi, j'étais sa Madonna, puis j'ai changé, j'ai finalement opté pour Rihanna, sa Rihri. Ne cherche pas, c'est comme ça. Croquette, Rhododendron, Mimosa et Petit Hibiscus débarquent dans mes phrases en signe d'affection.

Jeanne Cherhal est Giana de la Parmigiana suite à notre épopée italienne et notre mémorable atterrissage à Naples – sans bagages certes, mais avec de nombreux éclats de rire. Quand je lui envoie un message, je signe Sophia de la Quiche Lorraine. Les mots que j'adresse à Françoise Hardy se concluent par Sophie de Montreuil et sont destinés à Françoise de Suchet, telles deux comtesses. Alex Beaupain reste ma Belle Miche si je veux le taquiner. Et des voisins, que je ne connais pas mais sur lesquels j'ai une vue imprenable, sont devenus mes Sims.

Je me raconte un tas d'histoires. Suzanne, l'imagination est une de nos plus belles forces.

Une cascade de bises

Hey Su,

J'ai écrit deux chansons qui portent un prénom : il y a toi, bien sûr, et il y a « Martin ». C'est mon premier morceau à être passé à la radio, au début des années 2000. La toute première fois, c'était pour l'émission de José Artur, *Le Pop-Club* sur France Inter. Ils enregistraient dans une prestigieuse brasserie parisienne, le Fouquet's, le lieu des afters des Césars. Je l'écoutais souvent, cette émission. Sauf que là, je faisais partie des invités. Je rentrais dans le film. Impressionnée, j'ai commandé un vin chaud, j'avais besoin d'un décontractant. Les détails prennent parfois plus de place que les grands moments, j'ignore pourquoi je suis comme ça, mais je pense que c'est le plus mauvais vin chaud que j'ai bu de ma vie, j'étais au bord de l'ulcère. Ça a été un mal pour un bien car ma douleur au ventre m'a distraite de mon trac tandis que la tablée me demandait qui donc était ce Martin.

J'avais choisi ce prénom car je le trouvais beau et je m'étais mise en scène, projetée dans cette bluette, à la place de cette fille-là qui, mine de rien, était directe et entreprenante, on ne lui imposait pas ses relations.

*Martin, est-ce que tu viens demain,*
*J'aimerais bien savoir ce qui peut être possible entre nous*
*Martin, ne fais pas le malin, les envies, les espoirs,*
*ça veut dire que ça vaut le coup*
*Ta ligne de vie est très jolie,*
*ta ligne de cœur ne m'fait pas peur*
*et le destin, il est pour nous, Martin.*

Le contraste entre l'ironie et la fraîcheur sur cette mélodie pop/folk m'allait bien. À la fin de mes concerts, des Martin passaient me saluer, je n'en ai jamais connu autant. Le plus illustre fut Martin Margiela, une coïncidence extraordinaire. Je patinais sur les quais de Seine quand mon élan a été stoppé par un casting sauvage pour le créateur. Quelques semaines plus tard, je défilais dans un bel hôtel particulier du 6e arrondissement.

Tous les chemins mènent à Martin, et lorsque je demande au public quelle chanson il veut que je joue, la réponse se fait rarement attendre…

Suzanne d'un mardi,

Le plus savoureux dans une lettre, ce sont ces étapes :

1 – L'apercevoir dans la boîte ;

2 – Lire l'adresse au dos ;

3 – La remonter chez soi ;

4 – L'ouvrir doucement sans la déchirer ;

5 – La déplier ;

6 – Apprécier la couleur du stylo, l'écriture ;

7 – Se délecter de chaque mot, entendre la voix de la personne qui écrit ;

8 – La replier et la ranger dans son enveloppe ;

9 – Sentir l'enveloppe.

Combien de feuilles de papier ai-je parfumées ? Beaucoup, je crois.

Je ne mesurais pas à quel point les lettres pouvaient faire pleurer. Pleurer de joie, pleurer sur les souvenirs, pleurer de lire des personnes qui ne sont plus. Les sentir auprès de soi, revoir leurs visages, leurs expressions. C'est malgré moi, je ne peux retenir mes larmes.

J'en cherche une qui m'avait marquée, ma grand-mère maternelle, Simone, en était l'auteur. À défaut de trouver la bonne, je découvre à travers sa correspondance à quel point elle a été malheureuse, sa souffrance coule de son stylo. Ça l'a rendue odieuse, parfois méchante, intolérante, elle qui était si généreuse. Il y a des causes à tout ça, j'en ai conscience. Simone rêvait d'être institutrice mais elle a dû travailler jeune en faisant des ménages pour soutenir sa famille. Elle avait un frère, le préféré de sa mère, elle le savait, on ne manquait pas de le lui rappeler. Très tôt, elle a renoncé à son ambition.

C'est l'écriture qui lui a permis de rencontrer mon grand-père. Elle était sa correspondante de guerre. Il est rentré avant les autres, blessé par un éclat d'obus. Après les soins, ils se sont mariés. Simone a eu un fils, puis, six ans après, ma mère. Son garçon était son chouchou, l'histoire recommençait malgré elle.

Ma grand-mère les attendait tant, les lettres qu'on lui adressait. Elles venaient combler sa solitude et le mutisme de mon grand-père. Simone appréciait poser ses mots sur le papier, se répéter et déverser inlassablement sa peine et son manque d'amour.

Elle n'avait pas de voiture et marchait des kilomètres pour acheminer son courrier.

Je parie qu'elle n'en croirait pas ses yeux de voir la rapidité à laquelle arrive un mail aujourd'hui.

Il me semblait avoir reçu des lettres uniquement écrites par des femmes, eh bien c'est faux. J'ai redécouvert les magnifiques mots de Bob. J'y retrouve toute sa délicatesse, lui à 20 ans, observant la vie, montant dans le carrosse de l'expérience, celui qu'on essaie de contrôler sans savoir vraiment où il va nous mener. Ses expressions, sa plume… Je me suis remise à pleurer, puis à rire en pensant au futur et aux millions de mails stockés dans nos serveurs. Que restera-t-il de tout ça ? Et s'il y a une panne de data center ? Une aiguille dans une botte de foin, voilà ce qu'il restera. La calligraphie disparaîtra peu à peu. Seuls le ton, le style, et les histoires survivront.

Un timbre de bisous

Suzon,

Connais-tu ces drôles de situations ? Celles qui te rappellent que le temps file trop vite. J'avais rendez-vous avec deux jeunes chanteuses. Elles démarraient à peine. Nous buvions un verre pour discuter d'un projet collectif. Au détour d'une phrase, je me suis intéressée à ce que chacune faisait à côté. Leur ton est alors devenu plus arrogant, il leur semblait que contrairement à moi et mon époque, aujourd'hui rien n'était facile. Ce n'était pas la première fois qu'on me parlait de cette façon, comme si j'avais tout obtenu en un claquement de doigts. Je sentais qu'elles m'envoyaient une fléchette. Et je dois bien avouer que ça m'a déstabilisée. J'ai préféré ne rien dire et tordre la pique par un sourire. Puis j'ai réalisé que j'avais vingt-cinq ans de plus qu'elles, qu'elles venaient de naître quand je portais tout mon barda, ma grosse caisse, ma guitare, seule dans le métro et le RER pour aller chanter là où on voulait bien m'accueillir. Je me revoyais à leur âge en train de faire mes flyers à la photocopieuse, je les découpais et je me rendais à la sortie des salles pour tracter.

J'avais les bras aussi fins que des brindilles à mes débuts. Je me débrouillais comme je pouvais, autant pour trimballer tout mon matériel aux concerts que pour trouver des petits boulots.

Elles ne pouvaient pas savoir. J'aurais dû leur dire, mais comment faire ? J'aurais prouvé quoi ? Je préfère me confier à toi.

Bonjour Suzanne,

Il est 5 heures du matin. J'ai l'impression de porter une grande robe avec, dessous, le chaos. Je t'écris de plus en plus tôt, juste pour te dire que je m'en doutais : les chansons prennent du poids avec l'âge. Moi aussi j'en prends, mais pas au même endroit.

Mon titre « Du courage » me parle chaque jour un peu plus.

C'est nouveau, quand je vois la photo d'un artiste de plus de 50 ans apparaître sur les réseaux sociaux, je pense : *Il est mort !* Ça me fait d'abord un petit coup au cœur, encore une génération qui s'en va. Alors, je vérifie, c'est devenu un réflexe. S'il est bel et bien mort, les hommages déferlent dans la foulée. Si ce n'est pas le cas, j'éprouve du soulagement. Certains sont enterrés avant l'heure.

Je n'aime pas cet âge que mon métier rend ingrat. Le pire, c'est le costume que veut me faire porter la société, elle n'admet pas que les corps des femmes changent. Elle nous pousse à nous poser cette question : « Dois-je arrêter ? » Pour moi, ce serait disparaître complètement et m'éloigner de la musique comme pour oublier, comme si tout ça n'avait pas existé. Mais ce serait accepter le sort d'une femme de mon âge. Je tiens, encore et encore.

Je repense à *L'Âge de discrétion* où Simone de Beauvoir parle de ces moments charnières dans une vie. Des moments pas évidents, qu'on finit par apprivoiser. Le temps permet ça. Personne n'échappe à ces étapes qui nous mènent au point final de notre existence.

À 20 ans, on cherche à se frayer une place, notre énergie nous met au pied de tous les défis et on n'a peur de rien ; à 30, la voie s'éclaircit ; 35, le désir de maternité aussi ; 40, le sommet de tout ce qu'on a entrepris. Plus j'étais exigeante dans mon travail, plus mon corps l'était avec moi. Je ne lâchais rien, lui non plus. 50, les nouveaux arrivent, on est sur un siège éjectable ; 60, c'est bien pire, m'a dit un jour Françoise Hardy. Malgré tout, je crois au bon sens, il y a de la place pour tout le monde. Dans mon métier on me martèle que non. Quand serons-nous sereines ?

Je pense à ces femmes qui n'ont eu que faire de leur âge. Thérèse Clerc, militante féministe, s'est révélée dans sa quarantième année. L'inépuisable Jeannie Longo a collectionné les médailles à plus de 60 ans. Et Maria Yudina, la pianiste russe virtuose, insoumise à tout âge, n'a jamais cessé de résister à la dictature de Staline.

J'admire le courage et la force de chacune, il y en a tant d'autres, anonymes et inconnues, celles qui font leur possible chaque jour, et qui ont la beauté et la grâce de leurs efforts. Je ne les oublie pas.

Sophie trop tôt

Suzie,

L'autre jour, je me suis surprise à parler à ma peur. Je parle à ma peur, Suzanne. Ne le prends pas comme une infidélité, plutôt comme un répit.

Cette peur qu'on veut faire grandir en moi, celle qui vient de l'extérieur, celle qu'on projette sur moi. Tu sais, celle qui rend immobile, celle qui gronde, qui paralyse, qui emprisonne. Celle que je me crée est peut-être la plus impressionnante.

Je l'accepte de temps en temps, après tout elle est légitime. Même si je souhaite la planquer sous le tapis, j'essaie de la dompter un minimum : « Tu ne vas pas planter ta tente chez moi ? Tu ne vas pas me coloniser ?! Dégage. Putain, dégage ! »

Tu vois, par exemple, la nouveauté provoque en moi à la fois une excitation et une crainte. La routine m'effraie et me pousse à me renouveler, la peur est donc inévitable sur mon chemin. Elle est comme une porte que tu as envie d'ouvrir pour connaître ce qu'il y a derrière. Vais-je la dépasser ?

Vais-je aller plus loin ? C'est le côté sombre de notre imaginaire qui s'exprime. La peur de ne plus être à la hauteur pourrait m'étouffer, mais bizarrement, c'est aussi un petit moteur qui me fait réagir pour la combattre.

Dire que tout ça vient de loin et va piocher dans notre éducation. Chez moi, il y a la trouille de la maladie, c'est un héritage familial que je gère tant bien que mal. Et puis il y a un mot que je connais depuis mon enfance, c'est « Attation ! », ou « Tation ! » pour gagner du temps face au danger. C'est ma grand-mère Fernande qui l'a importé. À 102 ans elle le fait encore sautiller dans sa bouche avec sa petite voix aiguë à chaque fin de phrase. Mon père l'a récupéré et nous l'a transmis. Quand nous allions au cinéma, dans une salle de concert ou un lieu public, attation ! il repérait les issues de secours et nous devions nous asseoir à proximité en cas d'incendie. À mon tour, lors de mes voyages, si je me rends dans un hôtel, tation ! je cherche le panneau vert lumineux avec l'escalier et j'identifie le trajet qu'il faut faire au cas où.

Il y a une peur plus insaisissable que je côtoie souvent, c'est le trac. Il est pénible. Cette envie de bien faire me colle un stress pas possible. Pas plus tard que samedi dernier, je venais de poser mes deux pieds sur scène, tout commençait bien et au troisième morceau, j'ai déraillé sur mes paroles à plusieurs reprises. Il était là. Il est arrivé sans frapper, il a ouvert ma porte : « Je suis le trac ! » Il semblait affamé, prêt à me dévorer. Mes mains sont devenues humides, pires, trempées, je dérapais sur ma guitare. Je continuais, je n'avais plus de salive, ma mâchoire se raidissait dans un grand sourire. J'ai essuyé mes paumes rapidement sur mon pantalon mais ça m'a déconcentrée et je me suis trompée d'accord. *Ressaisis-toi, ma fille, tu ne vas pas te laisser bouffer.* Un musicien m'a jeté un regard en réaction à la fausse note, j'ai souri encore plus en clignant de l'œil. J'ai expiré et j'ai soufflé un grand coup pour récupérer mon refrain nickel, en alignant tous les mots. J'ai pu reprendre le contrôle de ma carcasse, et j'ai viré le trac comme un malpropre. Il m'a fallu quelques chansons pour m'en remettre.

Suzanne. Si tu m'avais vue. Le sourire est génial pour ça, c'est mon armure, il efface toutes les difficultés, mes erreurs passent inaperçues, et puis, tu le sais mieux que quiconque, nous devons rire de tout ça.

Il est éprouvant, ce trac. Il fait partie du jeu. À mes débuts, je parlais beaucoup, je me jetais littéralement à l'eau sans filet car je ne voulais pas me répéter chaque soir et que ça sonne faux. Je réveillais mes instincts. Ensuite j'ai appris à construire, j'ai remarqué que des formules marchaient plus que d'autres mais j'ai continué à chercher. Je tiens encore à ça aujourd'hui.

Au sujet du trac, un jour un homme m'a fait la réflexion que les femmes l'avaient plus que les hommes, par conséquent elles n'étaient pas fiables. Peut-être est-ce le trac qui l'a poussé à débiter une connerie pareille ?

Toi, Suzanne, tu sembles n'avoir peur de rien, ça me donne de la force. On est toujours admiratif de ce qu'on n'est pas.

Je ne suis pas encore sortie, je vais faire un effort et mettre mon grand nez dehors.

Je t'embrasse

Sophie de Montreuil

Suzanne du silence,

Je ne sais pas si c'est toi, je ne sais pas si c'est moi, les jours passent, je les effeuille, je reste sans nouvelles, ignorant où tu es. La solitude est toujours en grand format.

La vie ne donne pas de réponse à tout le monde mais tout le monde cherche des réponses. C'est étrange, quand je n'ai plus de contact avec une personne, je me demande chaque fois ce que j'ai fait. Je traque quelle erreur j'ai pu commettre pour en arriver là. Tu es devenue comme une destination lointaine, si lointaine que je ne peux t'atteindre. J'envoie des messages, mais en vain, des bouteilles à la mer, des radeaux qui prennent l'eau, des râteaux sans terre.

Le temps, le rythme de nos vies, l'entourage remplissent nos bagages vers des chemins différents. La distance creuse nos routes comme les sillons de nos visages.

La distance, je l'aime dans un parcours. En revanche, celle qui tient à l'écart pour permettre de passer à autre chose m'effraie. On se fait à tout, on ne s'en rend pas compte, c'est progressif, on évite d'y penser, on se projette ailleurs. Les souvenirs restent, et nous ne garderons pas forcément les mêmes.

Je t'écris beaucoup, Suzanne, tu es ma confidente. Je vais trouver pourquoi ce silence, je vais comprendre.

Très chère,

Tu aurais dû me voir à l'adolescence. L'autre jour, j'ai attrapé ma guitare pour jouer ma première chanson, que j'avais écrite à 12 ans. Un portrait de Catherine Deneuve – oui, encore elle. Personne ne l'a entendue à part mes parents et des amis. J'ai oublié la plupart des paroles. Étonnamment, les accords sont restés accrochés à mes doigts. Je vais quand même essayer de fouiller dans les archives que m'ont envoyées mon père et ma mère. Toute mon enfance est revenue dans ces cartons. Ils m'ont dit que ça m'appartenait. Je n'en ai ouvert aucun, enfin si, juste pour aérer, pour ne pas que mes souvenirs étouffent.

À 12 ans, j'écrivais au dos de mes enveloppes : « Petit facteur, presse le pas, car l'amitié n'attend pas. » Aujourd'hui, moi aussi, je réduis mes mots pour les envoyer en moins d'une seconde.

Ce sont les contractions qui l'emportent. Connaissant mes parents, je pense que je n'aurais pas eu de téléphone portable à cet âge. Quoique : c'est bien là que j'ai eu mes magnifiques rollers, un modèle jaune et bleu que je lorgnais sur La Redoute. Te souviens-tu de cette chanson de Diane Dufresne, « J'ai douze ans » ? Elle parle à sa mère avec conviction, elle n'est plus une enfant, la bascule est faite, les prémices de l'adolescence. Elle raconte les premières règles, les problèmes de la société déjà, encore et toujours les mêmes : pollution, surpopulation, guerre, misère… Son universalité reste intacte et profonde.

L'âge ingrat comme on dit, le cheveu qui graisse, la peau qui luit, qui bourgeonne, les poils. Les boutons donneront-ils des fleurs ? l'herbe finira-t-elle par pousser ? On devient de plus en plus autonome, on tente de se définir.

Mais n'est-ce pas l'inverse, la plus grande ingratitude ? On s'accepte enfin et tout se barre, la peau se détend et gondole, un pli, une tache, un souvenir qui se perd, chaque microdétail te fait comprendre que tu as parcouru plus de la moitié de ta vie et que tout ce petit monde va se rétracter pour retourner à la terre. Alors tu vois, parfois un bouton me procure une grande joie, il ouvre des horizons pour fleurir encore.

Miss Suzanne,

Je range mes affaires. J'ai devant moi des montagnes de souvenirs.

Je ne jette pas grand-chose, j'éparpille. J'ai enfin retrouvé la lettre de ma grand-mère maternelle, Simone. Elle a rédigé ces mots quand elle a su que je poursuivais ma voie.

*Ma petite Sophie,*

*Je reçois ta lettre aujourd'hui et je ne peux m'empêcher de te répondre vite pour te donner des conseils, même si tu as des parents pour cela. Tu auras 22 ans cette année et tu es en âge de gagner ta vie. Tu me causes bien du souci avec ce drôle de métier : chanteuse ! Tu te rends compte ? Ce sont les femmes de mauvaise vie qui en arrivent là, ce n'est pas très honorant.*

*Toi qui étais si mignonne et si jolie quand tu étais petite. Maintenant, voilà la chanteuse. J'ai honte !*

*Je ne comprends pas que tes parents laissent faire une chose pareille. Tu aurais pu être institutrice, c'est ce que j'aurais aimé devenir, ou professeur de dessin, avoir une stabilité. Pourquoi n'as-tu pas continué tes études ? À présent tu jongles avec des petits boulots sans issue. Pourquoi pas le cirque, tant que tu y es ?*

*Tu vois, ma petite fille, j'arrive à la fin de ma vie, je suis vieille, cet âge est un déclin et la vieillesse est triste comme l'hiver. Toi, tu es au début de la tienne, et je te dis ça pour ton bien. Tu feras bien ce que tu voudras, tu es en âge de réfléchir, je t'aurai prévenue, je n'aurai rien à me reprocher. Je te souhaite d'avoir une meilleure existence que la mienne, sois heureuse en ménage, c'est important.*

*Je t'embrasse,*

*Ta Mamie*

Suzanne mon mimosa,

Après avoir lu l'annonce, j'ai dit à mon père : « Ils cherchent une chanteuse, samedi c'est l'audition, c'est du jazz, tu m'emmènes ? »

J'avais 16 ans. Narbé a accepté. Il se rendait toujours disponible dès qu'il s'agissait de musique. Ça lui faisait presque plus plaisir qu'à moi. Il avait eu un groupe quand il était jeune. Son frère à la guitare et lui à la batterie. Ils adoraient ça tous les deux. Du côté de leurs parents ce n'était pas la même histoire, musicien n'était pas un métier.

Le jour J, deux gars à peine plus vieux que moi m'attendaient dans leur salle de répète. Ils m'ont montré leurs compos. L'un jouait du clavier, l'autre de la basse. À la fin de la première écoute, je leur ai proposé d'essayer. Ils ont démarré, j'ai embrayé, comme si je déroulais une pelote de laine sans nœuds. J'inventais une mélodie et j'improvisais, en yaourt, sans me poser de questions. Je ne savais pas d'où ça venait, je retombais sur mes pattes, je les suivais et un sourire flottait sur leurs lèvres. Il n'a pas fallu beaucoup de titres pour qu'ils me donnent rendez-vous le samedi suivant dans un café-concert. J'ai demandé si on se retrouvait avant, mais non. Leur satisfaction était telle qu'on s'est quittés sur : « Change rien, si tu fais ça le week-end prochain, ce sera super. »

Sur le chemin du retour, mon père s'est exclamé : « Tu te fous de ma gueule ? » Je lisais la stupéfaction sur son visage. Il ne me croyait pas quand je lui expliquais que j'avais improvisé. À vrai dire, je ne savais pas vraiment comment j'avais réussi ça, je savais juste que j'arrivais à le faire et que ce n'était pas compliqué pour moi. Je savais aussi que ça me procurait une grande joie et que je me surprenais autant que je surprenais mon père.

Il s'est empressé de raconter l'histoire à ma mère.

Le samedi suivant, je recommençais devant le public du café-concert, mes parents au premier rang. À la fin, ils m'ont demandé quel était le sens de mes paroles. Je ne savais pas, ça venait tout seul. Nous avions tous les trois un point d'interrogation au-dessus de nos têtes.

Toc toc, Suzanne,

Je peux entrer ?

Je ne sais pas si tu seras dans la salle le 15 décembre, c'est un vendredi. Comme toujours, tu es la bienvenue. Ce sera la dernière date de la tournée. Je voudrais que tout passe au ralenti dès maintenant pour prolonger ces instants. J'essaie de ne pas y penser. Je me demande aussi si je me produirai encore sous cette forme classique, avec des musiciens. J'ai envie d'expérimenter autre chose. De raconter mon parcours, celui auquel je tiens, celui qui me ressemble. C'est le moment je pense. Parler de ce monde dans lequel je progresse à travers l'âge.

Si tu ne peux pas être présente, tu le seras à travers ta chanson. Combien de fois ai-je cru t'apercevoir dans les salles de concert ? Une silhouette gracieuse, un port de tête découpé dans l'ombre. Je me redressais, fière de porter ma guitare, je dirigeais mon attention de ton côté, je creusais du regard un contour, je te souriais. J'étais sûre que tu étais là, mais non, c'est un autre visage que le tien que je découvrais, balayé par un faisceau de lumière. C'est fou, le pouvoir d'une personne que l'on attend.

Un concert de bises

Ma chère,

Trente-cinq ans que nous sommes ensemble, lui et moi. Tu te rends compte ?! Patrice, que j'ai surnommé Bob comme tu sais, est devenu mon inséparable le 21 juin 1989 à Marseille.

Luminy était un grand complexe universitaire, il y en avait peu des comme ça. J'y suis restée deux années après le bac. Le site était très à l'écart du centre-ville et proche des calanques. Les bâtiments du campus se situaient dans une forêt. J'avais une chambre de 10 $m^2$, douches et toilettes sur le palier.

Nous allions avoir 20 ans. C'était la fin de l'année, la période des examens, le début de l'été. Lui, fac de sciences ; moi, beaux-arts. Depuis un moment, je sentais un regard insistant au resto U. Non, je ne te fais pas le remake d'une série à l'eau de rose. Après avoir capté ces yeux, j'ai pris les renseignements nécessaires. Mes espionnes en sciences m'ont alertée : j'avais une semaine pour tenter quelque chose, après tout le monde quitterait les lieux. Ça ne me laissait pas beaucoup de temps.

Une de mes missionnées me glissa qu'ils allaient tous se réunir, un après-midi, fêter la fin d'année à la plage. Je m'y suis donc invitée. Les filles avaient fait leur possible pour que j'aie une place dans la voiture de Patrice – il avait une Nissan Sunny break grise avec des autocollants de surf. Moi, un carton à dessins gigantesque sous le bras et une veste de costume trop grande.

Le jour J est arrivé. La chaleur, les calanques, les garçons qui plongeaient des rochers sans se mouiller la nuque, les mêmes qui nageaient le crawl sans respirer, les filles aux cheveux secs qui ricanaient, luisantes sur leurs draps de bain. J'attendais un regard, juste un. Il est revenu, trempé, et a étalé sa serviette à fleurs rouges à côté de la mienne. Il avait les cheveux bruns frisés, les yeux verts, une toute petite bouche, une tête triangulaire posée sur un cou pas très long. Ses épaules de sportif étaient bien carrées et, chose incroyable, il avait des tablettes de chocolat. On s'est tout de suite bien entendus, nos échanges confirmaient un bon début. La journée est vite passée, il m'a ramenée en voiture et je lui ai demandé son 04. J'ai regagné ma chambre avec une petite accélération cardiaque. Deux jours plus tard, je l'appelais.

Erreur de numéro.

Je n'ai pas lâché l'affaire, j'avais retenu son nom de famille. Je me suis mise à éplucher l'annuaire et j'ai contacté chaque personne de ma liste depuis la cabine téléphonique au rez-de-chaussée de mon bâtiment, où tous les étudiants faisaient la queue. Au bout du quatrième coup de fil, une dame me le passait enfin. Il a semblé étonné quand je lui ai demandé si le faux numéro était volontaire. Nous nous sommes donné rendez-vous pour la fête de la musique, et c'est là que notre histoire a commencé.

Quelque temps plus tard, il m'a avoué que chaque année, avec un ami, ils choisissaient chacun ce qu'ils nommaient une *idole*. Cette année-là, l'idole, c'était moi.

Deux mois après notre rencontre, j'étais à Paris. Il a poursuivi la fac à Marseille. Nous sommes restés deux années comme ça, loin l'un de l'autre. On s'appelait, il venait me voir certains week-ends. Il savait que mon bonheur passerait par la musique et que c'était à lui de me suivre. Il m'a rejointe dans la capitale pour sa thèse puis son doctorat. Nous avons emménagé ensemble à 22 ans. *« Alors le temps ne nous a pas trahis, encore fidèle aujourd'hui nous unit. »* Trente-cinq ans après, c'est le refrain de la chanson que j'ai écrite pour nous. Bob pourrait finir mes phrases, je pourrais finir les siennes. Je connais ses goûts sur le bout des doigts. Je sais que sans lui je n'aurais pas parcouru autant de chemin. Il a toujours le même sourire quand il m'aperçoit. Nous avons en commun notre génération, une des premières à avoir dû se protéger du sida. L'éventail de nos souvenirs s'ouvre chaque jour, ce passé ancré en nous, nos voyages. Nous venons d'un milieu social identique, celui qui nous a fait retrousser nos manches ensemble, sans l'aide de personne pour construire notre vie. Il est terrien, je suis lunaire, il n'est pas dans le spectacle – heureusement, il élargit ainsi le spectre de mon petit monde.

Moi : Tu la trouves jolie, ma chanson ?

Lui : Oui, très.

Moi : Et mes couplets, tu les aimes ?

Lui : Oui, énormément.

Moi : Et mes refrains ?

Lui : Aussi.

Moi : Qu'est-ce que tu préfères, mes refrains ou mes couplets ?

Lui : Je sais pas, c'est pareil.

Moi : Tu l'entends, la mélodie ? Tu l'aimes ?

Lui : Oui, j'aime beaucoup ta mélodie.

Moi : Et ma voix, tu l'aimes ?

Lui : Aussi.

Moi : Tout ? Mes refrains, mes couplets, ma chanson, ma voix ?

Lui : Oui, tout. Je les aime totalement, tendrement, tragiquement.

Suzanne, mon soleil,

Entends-tu les cigales ? Je suis à Marseille. Je me balade dans les endroits où j'allais chanter après mes cours. Dès le mois de juillet, j'arpentais les plages de la Pointe Rouge. Au début, c'était un pari entre copains. Cap ? pas cap ? Cap !

C'est comme ça que je me suis retrouvée avec ma guitare, les pieds dans le sable, aux terrasses des restaurants.

L'après-midi, j'apprenais quelques tubes du moment. Je n'avais pas besoin d'antisèches, je jouais aussi bien « Kiss » de Prince que « Mon Amant de Saint-Jean » de Lucienne Delyle. Je circulais entre les tables, sans micro ; le vent et la mer absorbaient le son alors je poussais ma voix plus fort pour me faire entendre. Les familles dînaient en m'écoutant, les enfants me suivaient en farandole. J'adorais reprendre « Zombie » des Cranberries et « What's Up » des 4 Non Blondes. Je cartonnais avec « Pull marine » d'Isabelle Adjani, « Moonlight Shadow » de Mike Oldfield, « Comme toi » de Jean-Jacques Goldman. Bob passait avec un mug auprès des clients : Pour la chanteuse !

Je dois dire que la générosité des gens était folle. Quand ils n'avaient pas de monnaie, ils m'invitaient à partager leur repas. Si j'avais fini ma soirée, je dégustais un bout de pizza avec eux.

J'ai recommencé bien d'autres étés. J'ai élargi mon territoire en allant vers les Goudes, toujours en suivant le rivage. Je gagnais plus qu'après un mois à l'usine où travaillait mon père – syndicaliste, il était connu comme le loup blanc. Moi, j'étais le loup blanc des bords de mer.

Ce fut une expérience déterminante, j'ai enfin compris la phrase que mes parents m'ont sans cesse répétée : « Tu dois faire avant tout le métier que tu aimes. »

Sophie de la Pointe Rouge

Suzanne, me voilà !

Oui, je sais, il est tard. Ma cervelle s'agite quand je dois dormir.

Que m'a appris la vie ? La patience, à moi, l'impatiente. La persévérance aussi. C'est vrai. Mais j'ai surtout observé que chacun voit midi à sa porte. C'est la phrase la plus évidente qui me vient. Peut-il en être autrement ? Tu peux tourner l'histoire dans tous les sens, c'est ainsi et ça ne changera pas. C'est la chanson que j'aimerais réussir à écrire un jour, figure-toi. Dès que j'ai un début, je te l'envoie.

Je pense à autre chose : as-tu entendu que ton prénom revenait à la mode ?

Paris, Paris, *Paris*, Suzanne !

J'ai attendu mes 12 ans pour faire connaissance avec la capitale, et j'ai tout de suite su que je voulais y vivre. Une nuit de train-couchette pour une semaine de vacances en famille. On logeait à Jourdain, juste en face de l'église, dans un appartement que les amis prêtres ouvriers de mon père nous prêtaient. Mes parents nous apprenaient à nous repérer dans les transports. Tout m'émerveillait, j'étais amoureuse de l'odeur du métro aux vapeurs de Kouros, ce parfum d'Yves Saint Laurent à la mode dans les années quatre-vingt. Je marchais des heures sans râler, je savais que je pouvais croiser à tout moment une actrice, une chanteuse, un mannequin. À Paris, tout était possible, et mes yeux dégainaient dans tous les sens.

C'est à 20 ans que j'ai pu enfin dire : Paris, me voilà chez toi. J'avais envoyé ma maquette, une K7 maison réalisée avec mon 4-pistes, pour candidater à l'audition du Studio des Variétés, une école dans l'esprit de *Fame*, le téléfilm que j'adorais et qui a tant fait rêver ma génération. Sur la K7, j'ai mis une de mes chansons et une reprise de Diane Tell, « Si j'étais un homme ». On m'a répondu avec une convocation : « Vous êtes retenue pour passer devant notre jury à Paris. » Le jury était composé de profs de chant et de théâtre, de compositeurs, je ne connaissais aucun d'entre eux.

Je suis arrivée rue Ballu, dans le 9e arrondissement, tout près de la place de Clichy, et j'ai attendu mon tour dans ce bel immeuble néo-gothique. J'avais choisi « Au bois de Saint-Amand » de Barbara et « Le petit train » des Rita Mitsouko parmi la liste de titres imposés.

Une scène, quelques projecteurs et une dizaine de personnes m'ont observée. Je serrais fort le micro, l'enjeu était de taille, je voulais être prise. On m'a posé quelques questions, quelle était ma motivation, est-ce que j'avais la possibilité de me loger à Paris ? Si ce dernier point restait une source d'interrogation, en sortant j'avais l'impression que tout s'était bien passé malgré le trac.

Les jours suivants, j'ai attendu les résultats dans le Sud. Je ne pensais qu'à ça, partir, voler de mes propres ailes et réaliser mon rêve. Deux semaines plus tard, une enveloppe estampillée Paris est arrivée dans la boîte aux lettres. Miracle : je décrochais le pompon.

Septembre 1989. Me voilà dans la capitale avec ma valise, à pousser la porte du Studio des Variétés. Nous étions une vingtaine du même âge dans cette nouvelle promo. Je me levais le matin pour aller au cours de danse puis j'enchaînais avec chant, rédaction de textes et scène… On défilait un par un sous les commentaires des profs. On voulait tous vivre de la musique. Très vite, on s'est mis à composer ensemble. Puis on a eu l'idée de fonder notre association, Ramona Lulu, afin de produire une création collective : *Bébé le monde est beau*. Une partie de nos vacances était consacrée à nous réunir et monter cette pièce musicale. C'est ainsi que j'ai rencontré Clarika, Philippe, Maïdi, Jean-Jacques, Rocky, Yves, Virginie, Nathalie, Hervé, Christian, Olivia, Stéphane, Sonia, François… Si on se débrouillait bien, on avait droit à une bourse qui payait une fraction de notre loyer.

La bonne humeur de ce premier spectacle nous a motivés pour en écrire un deuxième : *La Marée d'inox*. L'histoire de dix personnages qui vivent sans le savoir le dernier jour de leur vie. Tous ces destins étaient emportés par la marée. Un peu comme nous par le tourbillon de la vie après ces deux années enchantées au Studio.

On était une bande, avec notre part d'insouciance. On n'avait peur de rien. La force de la vingtaine laisse des traces indélébiles d'espoir et de rêves à partager. Un socle.

Suzanne ma douce,

Les beaux jours à Paris me font marcher ou pédaler.

Cet après-midi, je suis repassée devant des lieux où je chantais quand j'ai commencé, La Guingette Pirate, le Glazart, Le Sentier des Halles… Beaucoup ont fermé et se sont transformés. Le Wait&See est devenu un snack, L'Archipel une garderie, le Horse's Mouth rue Montmartre a changé de nom.

J'arrivais avec ma guitare et ma grosse caisse recouverte de fourrure violette sur laquelle se dressait une girafe, mon totem de l'époque. Je prenais le public en photo pendant mes concerts. Non pas comme maintenant avec un simple smartphone, on n'en était pas là : j'achetais des jetables et j'allais les faire développer. Je collectionnais les spectateurs et, quand je revenais, j'habillais la scène de ces rideaux de clichés que j'accrochais au plafond. Les gens se cherchaient, se retrouvaient, et j'avais mon décor. Quand le barman sonnait la cloche, le concert démarrait. J'adorais balancer des intros préenregistrées avec ma voix off : « Mesdames et messieurs, ladies and gentlemen, bienvenue à bord de mon vaisseau, prenez place, mettez-vous à l'aise. N'hésitez pas à faire connaissance avec vos voisins, décontractez-vous, oui. De ma capsule, j'allonge mes cils pour mieux vous voir, j'élargis ma bouche pour mieux vous croquer, n'ayez crainte, une touche de parfum pour vous ensorceler et me voilà enfin prête, 6, 5, 4, ouverture des portes, 3, énergie au max, 2, 1. » On entendait gazouiller des oiseaux et je sortais de mon placard en chantant : « Bonjour bonjour, les amis, on m'appelle La Grande Sophie ! » Tout le monde reprenait en chœur. Je demandais une bière de temps en temps et il y avait chaque fois une bonne âme dans le public pour m'en offrir une.

Je cherchais, je *me* cherchais. Milieu des années quatre-vingt-dix, je rencontre l'association Life Live in the bar, Julien, Jean-Mi, Piote, Avril, Cécile, Manu, Sue, Bouly, Thierry… Comme son nom l'indique, l'asso organisait une multitude de représentations sauvages dans les bars et cafés de la capitale. Chacun mettait la main à la pâte, à sa mesure. C'était très joyeux, tu pouvais écouter un concert pour le prix d'une boisson. Entre l'asso et moi ça a été le coup de foudre. J'étais moins seule dans la faune parisienne, je me sentais portée et stimulée par une équipe.

Des musiciens venaient me demander s'ils pouvaient se joindre à moi. J'en invitais certains, c'était vraiment à l'instinct et à l'ancienne. Il y avait toujours une personne dévouée qui passait le chapeau en ma faveur. À la fin du concert, je glissais un petit billet à ceux qui m'avaient accompagnée. C'était ça, les années quatre-vingt-dix.

La nuit, je rentrais chez moi épuisée, je me disais : *Je vais crever, je vais crever.* Te souviens-tu de cette époque où on pouvait fumer partout ? Le mélange d'alcool et de cigarettes était assez dégueu je dois dire. Tout sentait la clope, mes vêtements partaient directement au sale, je n'avais pas de machine, mais une laverie de quartier en bas de mon minuscule appart.

J'étais un tourbillon d'énergie. La journaliste Hélène Hazéra me surnommait « le haricot épileptique ». Je me laissais emporter par le rythme et l'instant. Au Horse's Mouth, j'ai même cogné une fille avec la tête de ma guitare, là où les cordes bien aiguisées piquent, j'ai percuté son visage en tournant sur moi-même…

Au Divan du monde, j'ai déjà été dans un état second, je tanguais mais je tenais. Sortie de scène, bouillante, je frissonnais. Rien de pire qu'une gastro pour monter sur les planches mais, tu vois, Suzanne, le corps sait endurer et attendre. Il était hors de question pour moi que je ne joue pas. Encore une fois, l'envie dépassait la situation. J'ai connu plus pénible, l'aphonie et l'incapacité à honorer le spectacle. Cela m'a parfois menée à des états de tristesse indicibles. Le public te veut éternellement en forme, il peut penser que c'est un caprice si tu n'es pas là. Plus tard, il m'est arrivé de devoir faire une lettre pour m'expliquer, voire m'excuser.

Dring !

C'est moi, Suzanne.

Aimes-tu toujours flâner dans les cafés ? Pour moi c'est une habitude qui est venue peu à peu avec les années, à force de m'y produire. En arrivant à Paris, j'étais loin d'imaginer que je ferais le tour de tous ces endroits avec ma guitare. J'avais des rêves immenses et je pensais naïvement qu'en envoyant une maquette à un producteur le tour était joué, que ça suffisait pour me propulser en haut de l'affiche en un coup de baguette magique. Ce n'est hélas pas la vraie vie. Le succès se construit petit à petit. La réalité m'a rattrapée, cette case que plus que d'autres peut-être j'ai tendance à oublier. J'ai vite saisi que tout dépendait de moi et que, si je n'agissais pas, il ne se passerait rien.

Au tout début, c'est un classique, on reproduit des clichés vus à la télé, on imite ses modèles – ça se déroule sur YouTube désormais. Quand j'avais 16 ans, j'étais plutôt statique sur scène, paralysée avec mon instrument. Si je le lâchais, je ne savais pas quoi faire de mes longs bras, alors je m'accrochais au pied ou au câble du micro, mais je préférais enlacer ma guitare. Mes références étaient The Pretenders, Eurythmics, Prince, Suzanne Vega, les yéyés… C'est en jouant dans les bars que j'ai essayé autre chose. J'ai voulu communiquer avec les gens, de timide j'ai viré pipelette. Je racontais des histoires dans la peau de mon personnage qui criait haut et fort : « Je fais de la Kitchen Miousic[1] ! » Ma manière à moi de désacraliser la musique et ne pas me laisser enfermer dans une boîte. Je donnais ma direction.

Un 21 juin, Life Live m'a proposé de jouer dans le 20e, rue Boyer. Je suis arrivée avec mon imposante grosse caisse, il y avait une sono, de quoi se faire entendre, le bar était si petit que je ne tenais pas en largeur avec le manche de ma guitare. Comme c'était la Fête de la musique, ils m'ont installée sur le trottoir. Les conditions ? Je m'en foutais.

Un homme était posté contre le comptoir, il prenait l'apéro, seul, un habitué, je n'avais pas prêté attention à lui. Quand j'ai pris une pause, il est venu discuter avec moi. Il m'a donné sa carte en me disant de le rappeler. J'ai poursuivi mon set, heureuse mais méfiante.

Je suis rentrée chez moi et j'ai montré son nom à Bob : Jacques Massadian. L'un des bras droits de Jean-François Bizot, le mythique fondateur de Radio Nova qui avait travaillé pour le magazine *Actuel*. Ce n'était pas du blabla. Je

1. « Mouvement qui considère l'activité musicale comme peu différente de toute autre tâche quotidienne », d'après La Grande Sophie.

l'ai rappelé, et il m'a proposé un dîner dans la semaine qui suivait.

Nous avons donc sonné chez lui, dans cette même rue Boyer, quelques jours plus tard. Son épouse était là, ils habitaient un grand loft. Nous sortions Bob et moi de nos 30 $m^2$ carrés humides, dans un rez-de-chaussée rue de la Chine dont les champignons me collaient des crises d'éternuements.

Le repas s'est mieux déroulé que dans mes scénarios les plus élaborés, je me suis contentée d'écarquiller les yeux quand Monsieur Jacques, celui que je commençais à prendre pour un mécène, nous a demandé de le tutoyer en nous faisant part des projets qu'il avait pour moi. Il comptait me faire rencontrer Ramuntcho Matta, le réalisateur du tube d'Elli Medeiros « Toi mon toit ». Ma génération avait dansé sur cette musique. Je me couchais le même soir avec un volcan de rêves en éruption.

Tout s'est enchaîné ; peu après, j'ai débarqué – toujours avec Bob – chez Ramuntcho Matta, au cœur du Marais. Nous avions devant nous un musée avec les œuvres de son père, le peintre Roberto Matta. On s'est efforcés de ne rien laisser transparaître de notre émerveillement. Nous avions rendez-vous pour faire des prises de son guitare-voix. Ramuntcho était accueillant. Il a planté un micro dans une pièce et j'ai chanté quelques titres sans prendre de pause. C'était dans la boîte, j'ignorais quand j'allais écouter tout ça, je ne posais pas de questions. Je suis repartie heureuse. Je me projetais en me sentant prise en main et en bonne compagnie.

J'ai laissé passer du temps, puis j'ai rappelé Ramuntcho pour savoir où il en était. Je n'arrivais pas à le joindre. Pareil avec Jacques Massadian. Quand j'ai enfin pu parler à Ramuntcho, il m'a expliqué qu'il n'avait aucune nouvelle de son partenaire et que, sans lui, il en resterait là. Mes espoirs sont retombés comme un soufflé.

Quelques années plus tard, j'ai recroisé Massadian chez Nova où « Alors », l'une de mes chansons, apparaissait sur leur première compilation, *Le son de Paris*. Il s'est montré distant, moi étonnée.

La première pierre que j'ai posée s'était descellée ; de toute façon j'avais eu le temps de comprendre que rien ne serait simple, que je marchais en zone sismique. C'est toujours le cas, trente-cinq ans plus tard.

À demain

Suzanne du 3e jour de la semaine,

Oui, on est déjà mercredi. La vie c'est comme un jeu vidéo, tu avances, tu évites les boulets, tu passes, attention danger, tu contournes, tu poursuis, bingo, tu récupères des forces, virage, un mur, tu redémarres, tu t'embourbes, tu accélères, tu te fais avoir, tu restes accrochée, tu continues, tu n'es pas arrivée au bout, prochain obstacle à anticiper, attation !, repos. Tu attends, tu entretiens la machine, tu repars, tu tiens, petite secousse, ciel bleu, tation ! Tu tentes, c'est bien, ça bouge un peu, tu contrôles, légère stabilité, tu gères, esquive sur la gauche, tu remets du carburant, c'est bon, tu tiens, tu tiens, lâche pas, y a encore beaucoup de kilomètres à parcourir.

Je ne me rendais pas compte de ce que représentait une trajectoire quand j'ai commencé. Ce qu'on voit de l'extérieur est différent de ce qui nous traverse à l'intérieur, ce que les autres ne perçoivent pas. Dedans, c'est une voile qui se gonfle et se dégonfle, une force mouvante qui se reconstruit en permanence, des phrases que l'on percute, que l'on écrase, qui rebondissent. Elles s'éloignent et reviennent se dresser dans le paysage. Moi, j'ai entendu « trop vieille » trop tôt, par un producteur anglo-saxon venu m'aborder dans le off du festival de Montreux. Le gars m'a tendu sa carte, mon concert lui avait plu mais avant de partir il m'a demandé mon âge. Quand j'ai dit « 28 », j'ai entendu : « Trop vieille, dommage, Alanis est plus jeune. » Alanis Morissette avait effectivement quelques années de moins que moi, et elle trônait en haut des classements. Je suis restée plantée là comme une conne, sans savoir qui il était. Il m'avait cloué le bec.

Ça m'a fait vite comprendre la couleur de ce qui m'attendrait, mais rien ne pouvait entraver ma route.

Ton amie

Suzie,

Tu veux savoir le point commun entre Starsky, Hutch et moi ? Studio Davout, septembre 1996. Un ancien cinéma devenu haut lieu d'enregistrements. Les plus grands y sont passés : les Stones, Michel Legrand, Francis Lai, Chet Baker, Eminem, Joan Baez, AC/DC, Charles Trenet… Il n'existe plus, hélas, il a été détruit en 2018. J'ai vu le tas de gravats porte de Montreuil, ça m'a fait mal au cœur.

C'est là que j'ai eu la chance d'enregistrer mon premier album, *La Grande Sophie s'agrandit*.

Life Live avait créé le label des Compagnons de la tête de mort. Je collais des crânes partout sur mes guitares. Les copains m'avaient aidée à mettre un à un 5 000 exemplaires du CD dans les pochettes triptyques dépliables à mon effigie : la tête, le corps, les jambes. L'album est sorti en 1997 au Palace, ma chère.

Durant l'enregistrement, on faisait des horaires de malades, des 10 heures-4 heures du mat'. Dix-neuf titres enregistrés et mixés en dix-neuf jours. J'étais dans le studio du haut avec mon équipe. Antoine réalisait, Laurent faisait le son, Béa assistait. Mes musiciens de tournée étaient présents, David, Sue, Stéphane. Notre salle de repos était éclairée par une baie vitrée qui plongeait sur le grand studio où avaient lieu les sessions cordes des B.O. de film. Chaque jour se succédaient des vagues de violonistes, clarinettistes et bien d'autres quand, un matin, j'ai aperçu un homme, cheveux grisonnants, seul dans un coin de cette salle immense. Il était debout devant son micro. Sa cabine était constituée de paravents et de tissus pour atténuer les bruits autour. Son visage me rappelait quelqu'un, sans que je le reconnaisse tout de suite. J'ai demandé qui était en bas et on m'a répondu : « David Soul. » Hutch était mon colocataire !

Je l'observais comme on regarde un poisson rouge s'agiter dans son bocal et je ne pouvais m'empêcher de fredonner *Starsky et Hutch lala lala lala*. Lui, dont je suivais les aventures enfant devant mon petit écran, était là en chair et en os, sous mes yeux. Mon frère et moi étions des adeptes des séries de l'époque. De *Magnum* à *L'Île fantastique*, *Starsky et Hutch*, *L'Agence tous risques*, *L'Homme qui valait trois milliards*, *Wonder Woman*, *Super Jaimie* – j'avais la poupée avec le bras bionique dont je pouvais relever la peau –, rien ne nous échappait. Côté français, c'était *Les Quatre Cents Coups de Virginie* avec Anicée Alvina. Le dimanche, grand cérémonial familial avec *Les Brigades du Tigre*, après ça, nous allions prendre le bain. *La Petite Maison dans la prairie* détrônait tout pour moi pendant les vacances scolaires et *Candy* me faisait abandonner une partie de cache-cache avec les voisins.

Tu vois, Suzanne, les rendez-vous enfouis de l'enfance savent toujours retaper à nos portes.

Suzanne du mistral,

Si tu m'avais aperçue descendre cette pente raide à vélo, cheveux aux vents ! Je ne freinais pas, c'était la fin de la corniche à Marseille, le bonheur balayait mon visage. Je voyais un pan de ma vie défiler comme une balade, des côtes et des chemins escarpés, j'étais satisfaite de mon parcours. Un moment fugace qui fait du bien.

Je sais pourquoi j'aime l'été. Ce n'est pas une révélation importante, mais elle l'est pour moi. J'aime l'été parce que tout est long. Long comme mon amour. Long comme les jours où je marche pieds nus. Long comme un ralenti qui s'étire et me ressemble.

Suzanne *number one*,

J'ai enfin obtenu un rendez-vous avec un directeur artistique après mon premier album. C'était un triomphe quand tu réussissais à les rencontrer. Il m'a demandé si j'avais de nouveaux titres maquettés, il les a écoutés avec moi dans son bureau.

Quand ma musique est sortie de ses enceintes, j'ai cessé de respirer, j'entendais mon sang battre dans mes oreilles, que pouvait-il bien penser de mes chansons ? Je voulais décrocher un contrat pour qu'on m'aide à aller plus loin. J'avais peur que les soulèvements de mon tee-shirt me trahissent.

Il m'a dit : « Tu es dans mon top 3. Je vais devoir faire un choix. »

Je suis repartie joyeuse en mettant cette phrase dans mon sac.

Il était passé à un de mes concerts dans un bar. Il avait constaté que les endroits où je jouais ne désemplissaient pas. Dans mon métier, tu deviens exploitable dans ces moments-là, quand tu attires l'attention.

Puis, le silence a plombé mes futures journées.

Nous nous sommes recroisés quelques semaines plus tard au Café de la danse – j'allais voir les Little Rabbits. Nous avons trinqué. Au fil de la discussion, je lui ai demandé l'air de rien s'il avait déjà fait son choix. Il a répondu que nous n'étions plus que deux. Je n'ai pas eu le temps de sourire, il a ajouté que j'étais la deuxième. J'ai trouvé ma bière bien plus amère que d'habitude. Le concert démarrait, j'ai tourné les talons vers le groupe en pleurant à chaudes larmes comme une enfant, je ne pouvais plus m'arrêter, mes mouchoirs sont devenus de la pâte à papier.

Après ça, je me suis accrochée au thermomètre le plus fiable et le plus spontané : le public, à qui je dirai éternellement MERCI.

Suzie de midi,

Après le Studio des Variétés, puis Life Live, aucune porte ne s'est ouverte à moi spontanément.

La première fois que je suis entrée dans une maison de disques, j'avais 30 ans. Souvent, à cet âge-là et même avant, on veut tout, tout de suite. Ce n'est pas ce qui s'est passé. J'arrivais avec tous mes bagages du réseau indépendant. Un réseau *alternatif* où il n'y avait pas d'autre *alternative* que de faire avec trois bouts de ficelle. Ma vie était comme ça. Je me débrouillais avec des boulots alimentaires et je poursuivais mon rêve de vivre de ma musique.

De rendez-vous en rendez-vous, j'ai appris à déchiffrer – je tombais rarement sur des personnes franches et qui s'exprimaient sans équivoque.

Le directeur du label s'est empressé de me dire que j'étais là pour faire des tubes et que si je n'en faisais pas, je n'existerais pas. Pour une fois c'était clair, net et précis. Je n'ai rien contre les tubes, au contraire, c'est plaisant quand tout le monde connaît ta chanson, mais je n'aime pas qu'on m'indique ce que je dois faire, et pas sur ce ton.

Je crois que chaque artiste considère ses morceaux comme des tubes, ou du moins il espère qu'ils le deviendront. C'est Boris Vian qui a inventé l'expression. Il disait que c'étaient des airs avec des paroles creuses pour un public non exigeant. Cette idée traîne toujours. Le tube fait envier ou admirer. Ça ne changera jamais, c'est une règle, dès que tu es plus exposée, tu reçois plus d'amour, plus de jalousie, plus de jugements, tout est démultiplié et encore plus aujourd'hui. Alors doit-on avoir peur du succès ?

En général, il est éphémère : on trouve peu d'élus, et encore moins d'élus pour lesquels il dure. Si on fait la liste des avantages du succès, elle est plus longue que pour ceux qui ont tenté leur chance et qui ne l'ont jamais rencontré. Il embellit le passé des années de persévérance. C'est en effet un privilège de jouer dans des salles pleines avec un public fidèle. Depuis quelques années, pas mal d'artistes très célèbres montrent des signes de dépression. Moi qui pensais que la déprime ne pouvait surgir qu'à la suite d'un échec, il semblerait que l'inverse soit possible aussi.

« Ne me l'abîmez pas, celle-là ! » Il avait lancé ça. Max Amphoux était mon premier éditeur. Cette phrase est revenue à moi quelques années après sa mort. Étrange, non ? C'était le début des années 2000, je posais enfin mes Dr. Martens dans une maison de disques.

Pourquoi avait-il dit ça ? Une expression ? Sur le moment je n'ai pas pensé à lui demander.

Il n'est plus là pour me répondre.

Il connaissait parfaitement les rouages du métier. Quand nos routes se sont croisées, il était indépendant. Les murs de son bureau alignaient les disques d'or de Bashung, Demis Roussos, Bibi. Tout le monde respectait Max, la musique était sa passion, il adorait les artistes. Nous avons cheminé dix ans ensemble. Il parlait comme Jean Gabin et me glissait entre deux Gitanes : « Écoute, ma cocotte, dans ce métier il vaut mieux que tu sois jolie tous les jours plutôt que canon le lundi et boudin le vendredi. »

C'étaient ses mots à lui. Les miens sont : « Bonjour, très chère. » Ils te sont adressés, Suzanne. J'aurais dû commencer par ça. Ça change un peu, je t'ai cueillie autrement.

Je te claque deux énormes bises.

Mademoiselle Su,

Un souvenir d'une loge, un peu de moi chez toi.
Deux chaises en plastique, trois miroirs, un lavabo, un radiateur, un frigo
au sol un lino
Des murs blanc cassé, ma veste encore froissée, un canapé
je suis allongée
le chocolat hante mes pensées
Ma valise ouverte à mes pieds, mes bottines attendent, j'écoute ce qui se dit à côté
Je regarde ma setlist
Mes doigts glissent sur ma guitare
le trac fait un léger courant d'air
Je suis seule dans ma loge
Un miroir s'allume
Je regarde mon visage
Il est fatigué
Je pose mon maquillage
Je teste ma voix

c'est bientôt l'heure
Vais-je mettre une robe ou ma veste dorée ?
Je rentre mon ventre
Je me concentre
J'ouvre la porte
Le trac m'attrape
Je me fais un sourire
n'ai-je rien oublié ?
J'avance
il est l'heure
Les musiciens sont prêts
Je les pince, c'est notre rituel
Go.

Coucou Suzanne,

Mes oreilles se déchaînent aujourd'hui. Ce matin, j'écoutais ma vieille copine la radio. Une actrice était invitée. Je ne sais pas à quoi je songeais juste avant mais j'entendais tout de travers. La journaliste a demandé : « Quelle a été votre langue favorite pour interpréter ce rôle ? – Oh, une lampe torche. » La journaliste toujours : « Qu'avez-vous pensé quand vous avez tourné ce plan ? – Je me suis dit qu'il était savoureux. Un excellent flan pâtissier reste un excellent flan. » La journaliste encore : « Et ce conflit, vous le percevez comment ? – Le confit, très peu pour moi. Je préfère le hachis parmentier. »

Mon imagination a vite été coupée par la pub sur le dépistage du cancer colorectal. J'ai éteint la radio. Le silence, c'est bien aussi.

Je t'embrasse sur le front.

Suzanne,

Tu n'es pas la plus bavarde.

Si tu entendais les moulins à paroles autour de moi ! Je les écoute, je les regarde, je prends l'air inspiré par leurs mots, leurs phrases.

Je parle peu, juste quand c'est nécessaire. D'ailleurs dans les dîners, j'interviens au mauvais moment. Celui où personne n'entend, je crois pourtant qu'il y a une brèche, je tente, mais non… loupé ! J'en ris très fort les lendemains. Je m'identifie totalement au film *Le discours d'un roi*. Le personnage n'arrive pas à s'exprimer en public. Je ne suis pas reine et ça me va d'écouter, mais, dans une autre vie, je souhaiterais être une grande oratrice, avec le bon ton, tu vois de quoi je veux parler ?

Sophie de son perchoir

Chère madame S,

Je ne compte plus les kilomètres et toi, mes lettres !

La frontière qui nous sépare de la Belgique est la première que j'ai franchie pour aller enregistrer mon deuxième album.

Bruxelles et le studio ICP me voyaient débarquer avec ma guitare et mes musiciens. Mon ami Philippe Bresson en faisait partie et j'étais heureuse de partager avec lui ces moments importants. Nulle autre que sa belle voix grave ne pouvait s'harmoniser à mes aigus sur le duo *Des roses rouges*. Nous posions sur bande notre amitié. J'étais chez Double T, un gros label indé européen avec une antenne en France, une autre en Allemagne et une en Belgique.

Ce studio-là faisait rêver le milieu de la musique. J'ai aperçu les briques rouges au bout d'un chemin dans le quartier d'Ixelles. John, le patron américain, nous a souhaité la bienvenue. Derrière lui, une haie d'honneur de flippers sur la gauche, à droite tous les disques d'or des artistes passés ici. Plus loin, un hangar de matériel. On ne savait que choisir devant les étages d'amplis, les placards sans fin de pédales d'effets et d'instruments classés par année. Sans compter la piscine en forme de guitare !

Phil Delire nous attendait. Lui avait réalisé les albums de Renaud, Bashung et tant d'autres, j'étais dans mes petits souliers.

Ces souvenirs marquent un temps, celui où nous partions avec toute mon équipe enregistrer, c'était une étape obligatoire. Elle s'est perdue avec les années. À présent, n'importe qui peut mettre une carte son dans son ordinateur et travailler chez soi. Les projets sont 600 fois plus nombreux chaque année. Le studio est devenu encore plus un luxe qu'autrefois, un endroit où on ne passe qu'une ou deux journées quand c'est nécessaire. Les progrès sont tels que tout est rattrapable avec des plug-ins. Chacun peut s'improviser producteur, certaines erreurs font le style.

L'enregistrement presque terminé, j'ai appris que mon label déposait le bilan. Mon album et moi ne savions pas ce que nous allions devenir. Allais-je devoir tout recommencer ? Les bandes ne m'appartenaient pas. Il y a eu un temps flou, l'attente fut angoissante. Finalement, Sony Music, qui avait des parts, a choisi de récupérer des artistes. J'étais sauvée. J'ai donc ouvert la porte du label Epic. Ce deuxième album portait bien son nom : *Le porte-bonheur*. J'embarquais avec moi Hervé Deplasse comme manager, il m'avait signé chez Double T, qu'il dirigeait, c'était une manière de prolonger ce que nous avions commencé ensemble. Je me sentais chanceuse et tirée d'affaire, et surtout j'ai rencontré Judith Lévy. Impatiente de poursuivre les préparatifs du disque, j'avais devancé son appel téléphonique mais elle m'a battue en paroles. C'était elle qui allait tout coordonner. J'ai appris ce qu'était une cheffe de produit – le terme est devenu plus tard cheffe de projet. On nomme ainsi la personne qui fait le lien avec tous les autres postes du label. Judith avait une énergie qui me dépassait, elle avait un sens de la réplique qui lui donnait souvent raison. À deux et grâce à ses idées, nous avons porté l'album alors que Sony n'en avait que faire. Ils me l'ont confirmé en ne renouvelant pas mon contrat après avoir écouté les maquettes du projet dont « Du courage » faisait partie.

Je suis allée tenter ma chance ailleurs, prendre rendez-vous avec d'autres labels. J'étais triste de quitter Judith, on s'entendait à merveille et, à nous deux, on formait une bonne équipe. Elle m'avait donné la mauvaise habitude de faire hyper bien son travail. Nous ne nous sommes pas perdues de vue. Deux ans plus tard, je lui ai proposé de devenir ma manageuse. Nous avons collaboré vingt ans, main dans la main telles deux sœurs. Une complicité aussi longue est exceptionnelle dans ce métier. Nous formions une sorte de duo, elle dans l'ombre, moi dans la lumière, mais toujours à deux, avec une confiance inestimable l'une en l'autre.

Suzanne,

Je suis heureuse, heureuse de l'instant, les retrouvailles.

Je sens la salle. Je le sais, chaque lieu a une odeur, une réverbération, un son. C'est aussi pour ça que je me parfume.

Je ne compte plus le nombre de fois où je suis montée sur scène. C'est pour moi un moment unique, celui qui passe comme un éclair. Le régisseur donne le signal, le noir se fait. J'entends cette voix dans ma tête : *Avance, c'est l'heure. Tu l'aimes, cet instant*, ils sont là, toi dans ta loge, on attend tous que ça commence. Tu ne tiens pas en place, tu descends, tu es sur le plateau, juste derrière le rideau, personne ne te voit, tu colles ton œil sur un trou dans le tissu, tu l'as repéré grâce à une fuite de lumière. Tu les aperçois. Sont-ils nombreux ? À quoi ressemblent-ils ? Tu y es, ralentis, oui ralentis, tu marches trop vite. Regarde-les, tu les entends ?

Ils t'applaudissent chaleureusement, ils sont comme toi, heureux de te retrouver, prends les acclamations et n'oublie pas ce que disait Juliette Greco : quand tu arrives sur scène, ils observent comment tu es habillée, si tu as changé, si tu as vieilli, ils te détaillent, ils te découvrent. C'est comme si tu sacrifiais ta première chanson.

Sophie sur les routes

Suzanne d'un vendredi,

Petite fille, je souhaitais juste être comme tout le monde, me fondre dans la masse et rompre avec l'excentricité familiale. Mon père et sa barbe aussi longue que celle des ZZ Top, ma mère, ses Docs et cheveux rouges.

À 7 ans, contrainte de mettre des chaussures orthopédiques, j'étais très déterminée quant aux souliers que je convoitais. Je rêvais de vernis et de paillettes au grand désespoir de ma mère qui arborait un look de baba cool. Je venais trancher avec ses goûts vestimentaires en réclamant des pantalons en Tergal que portaient les autres enfants à l'école. Ma mère, elle, me cousait des robes devant lesquelles je faisais la grimace. Quand je regarde les photos, je remarque son travail, son amour et à quel point elles étaient jolies, ces robes.

Mon frère et moi n'avons pas échappé aux cols roulés en nylon pour ne pas attraper froid, tu sais, ceux qu'arboraient les frères Jacques en chantant « *La confiture ça dégouline* ». Ces pulls n'étaient qu'un tunnel sans fin et sans oxygène à faire glisser le long de nos cheveux, qui en sortaient électrisés. Les cagoules étaient obligatoires chez moi, pour bien couvrir nos grandes oreilles. Jamais je n'aurais pensé qu'elles deviendraient tendance, oui, Suzanne, mais auprès des adultes cette fois. J'ai renoué avec mon enfance, je m'en suis dégoté une.

À 9 ans, je voulais à tout prix un jogging rose, c'était la mode. J'en ai eu un qui a duré trois bonnes années – on l'avait pris quelques tailles au-dessus pour amortir le prix. Je m'enfermais dans ma chambre et je passais des vinyles. J'avais installé un orgue qui appartenait à mon père au pied de mon lit. Je poussais le son et mon oreille travaillait en cherchant les notes des albums que j'écoutais. J'économisais des semaines pour me procurer des 45-tours chez Mammouth, le supermarché près de la maison. Mon frère, lui, s'achetait des bonbecs. « Irrésistiblement » de Sylvie Vartan tournait sur ma platine, et je peux te dire que, quand j'arrivais à jouer la mélodie d'une traite par-dessus le disque, toute la famille se devait de défiler dans ma chambre. J'avais l'impression de me produire dans un stade alors que je n'utilisais qu'un seul doigt sur le clavier.

J'ai eu la chance, bien plus tard, d'écrire pour Sylvie Vartan. Deux fois, pour être précise. Quand je suis allée au studio Ferber à l'écoute de son album *Merci pour le regard*, sur lequel j'ai composé « Du côté de ma peine », j'ai été charmée par son accueil. Elle distribuait à chacun des petits friands au fromage maison. Nous étions une cinquantaine. Bêtement, je n'imaginais pas cette femme derrière les fourneaux. J'ai trouvé ce geste extrêmement chaleureux. Depuis, dès que j'écoute « Irrésistiblement », je vois Sylvie Vartan dans sa cuisine avec un tablier à paillettes, les mains dans la farine.

Sophie qui n'est pas sortie

Suzanne de la violette,

Cet après-midi, j'ai enterré Purple, la grosse caisse de mes débuts, dans un coin du jardin, juste derrière l'abricotier.

Elle était rincée et prenait trop de place. Je l'ai soigneusement emballée dans du plastique en pensant qu'un jour soit je serais à ses côtés, soit j'irais la chercher pour la réparer. C'était une manière de lui dire au revoir pour passer à autre chose et me renouveler. Le monde se dématérialise, moi aussi. Je tiens à elle, je sais exactement où je peux aller me recueillir. J'ignore pourquoi, je croyais qu'à cet endroit les fleurs pousseraient violettes. Je n'ai vu que des orties. Sacrée Purple !

Ma Suzanne,

As-tu remarqué ces pronoms possessifs qui viennent se glisser pour s'adresser à d'autres ?

« Comment ça va, ma Sophie ?

– Pas bien.

– Ah bon, pourquoi ?

– Je ne suis pas TA Sophie, non, je ne suis pas à toi. »

Ça attendrit, du reste, ça crée du lien, mais je ne suis pas à toi.

« OK, ma belle. »

Je préfère OK tout court.

J'ai conscience que tu n'es pas à moi, Suzanne, sauf quand je t'écris.

Suzanne,

Je ne te demande plus comment tu vas, c'est une phrase à laquelle tu ne réponds pas, j'imagine que tout se passe bien alors.

On ne m'appelle plus que « madame », maintenant. Quand on emploie « mademoiselle », c'est avec un gros sous-entendu, pour me flatter.

« Madame » commence à me plaire, ça en impose.

Je n'arrive toujours pas à dire spontanément : « Je suis une femme. » Je préfère le mot *fille*. Et toi, Suzanne ? C'est un peu la même chose avec le terme *mari*. Quand on veut se marrer avec Bob, on se lance des « mon époux », « mon épouse ». Ça nous fait rire.

À propos de fille, je ne me doutais pas que ce serait moi la première de ma famille à choisir réellement son métier. Aucune de mes arrière, de mes grands-mères, de mes tantes – et même mes parents d'ailleurs –, aucune n'a vraiment décidé de sa voie. Avoir le choix est une douceur inestimable. J'en conclus que tu as le choix de ne jamais me répondre.

Suzanne 💪,

Le mot « puissante » est très en vogue en ce moment, il est supposé donner de la force. Pas à moi. J'associe la puissance au pouvoir. J'associe le pouvoir à l'autorité qui contrôle. Ce que je souhaite plus que tout, c'est que chacun puisse avoir le choix, mais la vie n'est hélas pas faite ainsi. J'attends que le mot « bonté » nous envahisse.

Suzanne de 6 heures du mat',

Peut-être dors-tu à cette heure-ci ? Je dors beaucoup moins qu'avant. Je me réveille trois, quatre fois par nuit et les souvenirs se bousculent. Ça ne m'arrange pas car je suis plus inspirée le matin.

Je plie le linge. Non, je n'ai pas de femme ou homme de ménage. Je suis incapable de faire quoi que ce soit si quelqu'un est chez moi, j'attends qu'il parte pour reprendre toute activité.

À certaines – rares – périodes je range, car je suis bordélique et je fais des tas partout. Tout à l'heure, dans mon élan, j'ai ouvert une petite boîte au fond d'un tiroir. J'ai retrouvé le médiator orange de Chrissie Hynde, celui qu'elle avait lancé au Bataclan le 12 octobre 2003. Tu te doutes bien que tout le monde s'est étripé dans la fosse pour l'avoir. Moi, je l'ai suivi du regard comme dans un slow motion et c'est sur mon bras gauche qu'il a choisi de se poser délicatement. Un simple bout de plastique, oui, mais celui de Chrissie.

Je peux te dire que je n'étais plus au ralenti quand je l'ai claqué sur ma peau avec ma main droite pour le placer précieusement au fond de ma poche en pensant : *La relève, ma fille, yes ! c'est toi, la relève !*

Bonjour week-end, bonjour Suzanne,

Une fontaine de mots pour te rafraîchir.

J'ai commencé par la scène, à l'heure où d'autres choisissaient le disque en premier. Ça me paraissait logique. J'ai observé, je ne savais ni plier ni brancher un câble. Je n'ai jamais eu peur du micro, chanter était naturel. La guitare me faisait mal aux doigts, m'accompagner m'a demandé de l'entraînement. Après, je ne m'en suis plus lassée.

Ma voix est solide depuis le début, je l'ai travaillée sans m'en rendre compte, enfant, par plaisir. J'ai commencé à m'enregistrer sur un magnéto K7 en faisant des bruitages sur mes rédactions de français, ensuite j'ai eu mon premier 4-pistes. S'entendre est toujours difficile. C'est très intime, une voix. Les premières fois, on se déteste, on ne se reconnaît pas. On ne correspond pas à la personne qu'on voudrait être. Il y a un décalage. J'ai eu beaucoup de mal avec ma voix de tête, je considérais ça comme vieillot, pourtant quand je l'utilisais ça fascinait tout le monde. La voix parlée est encore plus difficile à écouter. On insiste, on recommence pour le plaisir de chanter, on s'enregistre, petit à petit on s'habitue. C'est en t'écrivant cette chanson, « Suzanne », que ma voix de tête a pris sa place, en t'évoquant j'ai su trouver les mots justes. Tu t'es retrouvée sur mon album *La place du fantôme*. Durant l'enregistrement, je n'arrivais pas à m'adresser à toi sans ma guitare, il a fallu faire la prise en live, d'une traite, les musiciens se sont calés sur moi, sur mon tempo, mon énergie. On entend le parquet du studio Ferber grincer par moments.

Au fil du temps, j'ai aiguisé mes goûts, j'ai apprivoisé ce lieu, alors que sur mes premiers albums je me suis laissé guider, avec bonheur et dans la douleur parfois. La vie en studio, un monde en huis clos où j'aurais voulu faire un stage accéléré en diplomatie. Ce n'est que par la suite que tu te rends compte si tu as eu raison ou tort.

Des avis j'en ai eu à la pelle, j'en ai gardé quelques-uns. Ce n'est rien à côté des choix que j'ai à faire sans cesse. Pas facile de prendre des décisions. J'ai souvent envié les groupes pour ça mais je sais aussi que quand on est plus de deux on n'est jamais d'accord. Il faut réussir à se faire confiance et veiller à bien s'entourer. Heureusement, j'ai rencontré quelques partenaires comme Jan Ghazi, directeur artistique pointu, compagnon de studio, un des rares qui ont une véritable vision. Nous avons collaboré sur quatre albums.

C'est ainsi que ce métier prend toute la place et l'énergie. Il n'y a pas de temps mort mais des obsessions : arriver au bout de ses projets et satisfaire ses oreilles.

Suzanne,

Sais-tu que, enfant, avant de m'endormir, j'essayais de pousser mes incisives avec mes doigts pour qu'elles soient en avant ? Je rêvais d'avoir des dents de lapin comme Laura Ingalls dans *La Petite Maison dans la prairie*.

Ça n'a pas marché.

Suzanne, Suzanne !

Il te réclame, dans chaque ville, chaque soir. Le public, Suzanne. Il a retenu ton prénom. Je les rassure, tu seras présente, je te chanterai, c'est toujours toi qui l'emportes à l'applaudimètre.

J'aime ton prénom comme j'aime l'odeur des immortelles.

Je te raconterai dans une autre lettre notre rencontre telle que je l'ai vécue. Je n'oublie pas. Je ne sais pas si tu t'en souviens. Tout le monde ne se rappelle pas le premier rendez-vous.

Suzanne en vacances,

Comment vas-tu ?

Les souvenirs jaillissent à des moments où je ne m'y attends pas. Je voyage dans le passé de façon fragmentée. Aujourd'hui, la chaleur me rappelle cette journée dans le Poitou. On était partis en Peugeot J9, avec Pierre-Yves le guitariste et Francisauson – oui, Francis au son, je le présentais toujours comme ça, d'une traite, ça nous faisait rire. Nous allions donner un concert dans un tout petit village. J'avais dégoté un costume bleu ciel sans manches dans un Guerrisol, il devait dater des années cinquante, le tissu était très épais. La chaleur était écrasante.

L'équipe d'accueil venait de finir de monter la scène quand nous sommes arrivés après six heures de route. Une planche sur six tréteaux et deux enceintes posées aux extrémités – heureusement que je ne pesais pas bien lourd. On s'est installés pour faire ce qu'on appelle dans le jargon « la balance » – « un deux, un deux, test, test. » Tous les volets de la place étaient fermés. Francisauson a allumé la console et là, un battant s'est entrouvert. Un bras s'est agité, on n'a pas vu de tête. Une voix d'homme a crié : « Vous allez arrêter ?! On en a marre de vos conneries ! – Bonjour, monsieur ! », j'ai lancé dans le micro. La police est arrivée. Elle s'est approchée de l'organisateur, il a fallu couper le son tout de suite et attendre le soir.

On a traîné nos guêtres à l'ombre des arbres jusqu'à 20 h 30, puis on a repris. Quelques personnes avaient osé s'aventurer aux abords de la place mais elles se tenaient à distance. Des volets s'ouvraient timidement. Des enfants jouaient au ballon. Moi, je me maquillais sur un bout de loge qu'on m'avait finalement ouverte en déverrouillant une salle de classe. Plus j'attendais, plus je prenais des couleurs.

J'étais devant le miroir des toilettes quand Pierre-Yves m'a donné le top départ. Je me suis mise sur le côté de la scène et l'organisateur, blême, a lancé : « Les lumières ! On a oublié les lumières… » Personne n'y avait pensé. La nuit était en train de tomber et nous ne pouvions la rattraper. Julien, mon producteur, a réagi au quart de tour. Il est monté dans sa vieille Merco et a allumé les phares face au plateau. Pierre-Yves est entré en premier d'un pas nonchalant sur notre petite musique d'intro, et il a balancé un gros accord distordu à faire trembler ses lunettes rondes. Je me suis positionnée devant mon micro comme un lapin ébloui par la lumière. Je plaquais ma guitare contre moi. Julien, fier derrière son volant, dressait sa clope dans son sourire tel un producteur des années cinquante. Les gens se rapprochaient. Mon costume virait au vert avec le jaune des phares. La place vivait enfin et les râleurs n'existaient plus.

Suzanne de partout et d'ailleurs,

New York, Hanoï, Saïgon, Nouméa, Hong-Kong, Bangkok, Singapour, Montréal, Waterloo, Lévis, Chicoutimi, Québec, Bruxelles, Constantine, Annaba, Oran, Alger, Fez, Tanger, Meknès, Tétouan, Berlin, Londres, Singapour, Canton, Lausanne, Genève, Londres, La Réunion… La musique m'a conduite aux quatre coins du globe.

Es-tu déjà allée à…

Villedieu-les-Poêles

Yutz

Saint-Hilaire-du-Harcouët

Avrillé

Changé

Brie-Comte-Robert

Grand-Quevilly

Amou

Le Locle

Le Broc

Cassaniouze

Gorges
Le Chambon-Feugerolles
Le Pont-de Claix
ou Vitré ?
J'en oublie certainement.

J'espère qu'un jour j'aurai l'occasion de jouer à…
Mouais
Plurien
Glandage
Trécon
Vatan
Angoisse
Bitche
La Conne
Bibiche
Bizou
Montfroc
Saix
Oust
Beaufou
Folles
La Tronche
Marant
Saint-Pompon
Vieillevie
Sos
Louze

Montchaton
Bonbon
Villeperdue
La Morte
Mariol
ou encore Pleure…

Suzanne, on t'attend,

Je t'avais promis ce voyage en tour bus avec l'équipe. Le rendez-vous a lieu à Nation devant le Dalou à 23 h 30. On démarre à minuit.

J'adore assister aux premières fois. Surtout celle-là. Ce tour bus, si tu savais, on en a tous rêvé. À mes débuts, on se déplaçait en Peugeot J9, pas d'appui-tête, pas d'isolation, on avait froid. Après, on a eu un van, on est montés en gamme. Je peux te dire que quand on arrivait avec des heures de camion dans les pattes, après avoir installé le matériel, le soir on ne peinait pas à trouver le sommeil ! On dormait parfois chez l'habitant ou dans un Formule 1, à trois dans une seule chambre. J'ai même le souvenir d'une nuit à dix en rang d'oignons par terre dans le off du Printemps de Bourges !

Un jour, enfin, on m'a annoncé que j'allais voyager en tour bus. Il a fallu trois albums pour ça. Comme un cadeau, tu as envie d'enlever le papier autour et d'en explorer chaque recoin. Tu tapes le code et miracle, la porte s'ouvre automatiquement. Tu as l'impression d'entrer dans une boîte de nuit. En bas le salon, un long couloir bordé de banquettes en skaï, des tables, une mini cuisine équipée, des placards, des toilettes, deux frigos blindés ; à l'étage les couchettes, alignées derrière des rideaux. Au bout, c'est ta chambre, avec des stores aux fenêtres teintées et un plafond étoilé. Tu te cognes partout, mais tu es heureuse d'avoir ton tour bus et de voyager avec ton équipe au complet. Je te passe les détails, je te laisse la joie de découvrir. Travaille ton équilibre. Ce sera de la bonne fatigue, tu verras, quand la porte s'ouvre au petit matin, un nouveau lieu, de nouvelles personnes et la trace de l'oreiller sur la joue.

Ma première fois à moi fut intense, la perspective de monter à bord me tenait éveillée et je n'ai pratiquement pas fermé l'œil de la nuit. J'avais choisi la couchette du haut qui me paraissait mieux ventilée. Je touchais le fond avec mes pieds, j'ai dû relever les jambes, elles cognaient le plafond et je n'avais plus de couette pour couvrir mes extrémités. Quand je me positionnais sur le côté, mes genoux dépassaient dans le couloir. Dans la nuit, le bus a pris un virage, j'ai cru qu'on tombait dans un ravin, j'ai retenu un cri d'horreur. Moi qui ne m'estimais pas souple, j'ai appris à me contorsionner dans cette maison sur roues.

Je ne sais pas jusqu'à quel âge je tiendrai.

Il y a deux écoles : ceux qui se font bercer par les kilomètres et ceux qui, comme moi, récupèrent à l'arrêt.

Pour une première, je te conseille trois jours, ils suffiront pour ne pas te décourager, j'espère que tu y prendras goût. C'est de l'entraînement, tu t'y feras.

Et petit rappel : il paraît que tout ce qui est dit dans le tour bus reste dans le tour bus… Je t'attends, rejoins-moi, Suzanne !

Ding dong !

Je suis à la plage. À Marseille. Je vais chaque matin à la Vieille Chapelle juste derrière le skatepark du Prado. Je vois toujours les mêmes personnes mais je ne les connais pas, alors chacune a son sobriquet. M. Paddle est déjà arrivé, Mme Tuba aussi et M. Palme ne va pas tarder.

Je viens dès 9 h 30 pour écouter papoter les bonnes femmes. Certaines doivent avoir mon âge, d'autres sont plus âgées, entre 60 et 75 ans je pense. Je suis blanc fluo à côté d'elles, qui entretiennent leur bronzage cuivré tous les jours. Elles ont l'accent du Sud. Les unes suivent inlassablement les histoires des autres. Il n'y a pas de place pour le silence. Elles se livrent dans les moindres détails, ceux que j'aime et qui rendent le quotidien vivant.

Au programme ce matin : l'anxiété liée aux enfants. L'une déplore que son fils parti en voyage en avion n'ait donné aucun signe de vie depuis le décollage. Elle a compté les minutes en se refrénant pour ne pas passer pour la mère inquiète, et puis, ouf, le téléphone a sonné. Une deuxième ajoute : « Moi, dans ces cas-là, je vais voir sur Internet s'il n'y a pas eu un crash aérien. » La troisième se souvient : « Ma mère, c'était l'inverse. Quand je sortais elle dormait profondément, elle ne me demandait rien et n'entendait rien, je crois qu'au fond elle s'en foutait un peu, tandis que moi avec ma fille, j'ai toujours surveillé discrètement par la fenêtre ses retours de soirées. Quand je l'apercevais, je courais sur le palier, j'appelais l'ascenseur pour qu'il soit déjà en bas et j'allais vite me recoucher sans qu'elle ne se rende compte de rien. Le matin elle me racontait sa chance de ne jamais avoir à attendre la cabine. » Elles ont ri en chœur.

Dans ces moments-là, je me demande quelle mère j'aurais été. Bob et moi n'avons pas eu d'enfant. Après tout, on ne peut pas savoir sans être mère pour de bon. Plus tard, serons-nous seuls comme M. Paddle ? Plongerons-nous profond comme Mme Tuba ? Poursuivrons-nous les longueurs de la vie comme M. Palme ?

Qui prendra soin de nous quand nous ne pourrons plus prendre soin l'un de l'autre ?

Baisers salés, sablés aussi.

Très chère,

J'ai une histoire à te raconter. Je vais l'embellir un peu, tu me connais.

Il était une fois une grande sauterelle qui chantait, chantait de feuille en feuille. Sur son chemin, elle avait rencontré la maison des criquets, une association de gentils criquets qui mettaient beaucoup d'énergie pour développer le parcours d'autres sauterelles. Chacun faisait ce qu'il pouvait avec peu de moyens. Les criquets avaient été séduits par les stridulations de La Grande Sauterelle et l'avaient conviée à se produire dans les terres prodigieuses de la Capitale.

Ensemble, ils élargirent le champ des possibles et notre Grande Sauterelle se faisait entendre de fleur en fleur, d'herbe en herbe, de feuillage en feuillage. Tous les insectes des environs venaient l'écouter.

Un jour, le chef des criquets avoua à La Grande Sauterelle que la maison ne pouvait plus tenir, trop de frais avaient été investis dans le parcours des sauterelles. Aussi, les criquets n'étaient pas très bons gestionnaires, ils vivaient pour la beauté du geste. Le chef des criquets conseilla donc à La Grande Sauterelle de trouver un autre abri pour qu'elle poursuive sa route et grandisse encore. La Grande Sauterelle le rassura, et lui promit de continuer avec eux, elle en faisait son affaire.

Elle consulta les maisons concurrentes et se rendit à celle des coccinelles. Les coccinelles appréciaient les stridulations de La Grande Sauterelle mais ne voulaient pas des criquets. Alors La Grande Sauterelle tapa à la porte de l'illustre maison des papillons qui l'aimaient bien aussi, mais ne souhaitaient pas entendre parler des criquets non plus. La maison des fourmis pareil, celle des lucioles aussi. Notre Grande Sauterelle s'épuisait mais ne désespérait pas. Elle n'en démordait pas, elle tenait à poursuivre sa belle histoire avec les criquets.

Elle se rendit chez les araignées. Leur reine, Epeira, lui avait donné rendez-vous pour l'écouter. La Grande Sauterelle mit tout son cœur pour la convaincre de travailler en harmonie avec les criquets. Epeira accepta, ils ne lui faisaient pas peur. Joie intense des criquets et de La Grande Sauterelle, tout le monde était rassuré et heureux de pouvoir penser à l'avenir.

Aux beaux jours, chacun retourna dans ses champs retrouver sa famille. Mais la maison des criquets ployait sous les dettes jusqu'à l'étranglement ; ne sachant que faire, le chef des criquets retrouva Epeira et lui expliqua la situation. Cette dernière proposa d'effacer entièrement sa dette. En échange, les criquets devraient dire adieu à la collaboration avec la maison des araignées et, surtout, avec La Grande Sauterelle.

Seulement voilà, La Grande Sauterelle n'était pas au courant de ces transactions. Elle qui avait tout fait pour garder ses chers criquets… L'été fila et La Grande Sauterelle ne sut rien.

Quand la belle saison prit fin, La Grande Sauterelle revint en forme de ses champs de lavande, prête à repartir striduler. Elle demanda à réunir tout le monde.

La maison des criquets se trouva fort embêtée et expliqua à La Grande Sauterelle ce qui s'était passé durant son absence. La Grande Sauterelle n'en crut pas ses antennes. Elle se sentit à la fois piégée et trahie par les criquets tout autant que par les araignées. Elle avait sans le savoir épongé les dettes de toutes les autres sauterelles.

Elle reprit le chemin des fleurs le moral si bas qu'elle quitta la maison des araignées une fois sa tournée terminée. La confiance était rompue. Elle alla alors frapper à la porte des douces libellules, qui étaient ravies d'accueillir La Grande Sauterelle. Elles lui redonnèrent du courage et du baume au cœur.

Cette aventure aura servi de leçon à cette sauterelle. Elle qui pensait que les belles histoires pouvaient durer toujours sentit une petite carapace couvrir son corps pour la protéger des coups bas et briller de mille feux…

Le souci, Suzanne,

Le souci c'est que je ne suis pas tordue. Enfin si, j'ai une scoliose, mais elle ne m'a jamais posé de problème. Ce qui me pose problème, c'est que je croise un nombre incalculable de gens tordus, manipulateurs, parfois je ne sais plus comment réagir. Chacun voit midi à sa porte et ça, tu comprends, ça résume tous les maux du monde.

J'ai traversé des périodes où je sentais qu'on voulait que je sois une autre. C'est assez paradoxal car ce qui fait un artiste est justement sa singularité. Nous avons tous droit aux comparaisons avec des phrases comme « Regarde ce que fait machine, tu devrais t'en inspirer ». C'est le genre d'injonction qui me paralyse. Ça, c'est pour la partie communication sur les réseaux.

Dans la production, on a par exemple longtemps voulu copier-coller le succès d'une chanson en assignant le même réalisateur à un autre artiste, sans se poser la question de savoir s'il était adapté ou non au projet. D'ailleurs, je suis tombée à l'instant sur cette phrase de Marguerite

Yourcenar dans *Mémoires d'Hadrien* qui résume tout : « Notre grande erreur est d'essayer d'obtenir de chacun en particulier des vertus qu'il n'a pas et de négliger de cultiver celles qu'il possède. »

C'est la minute de lucidité, je remonte dans mes rêves et l'écriture de nouveautés. Au moins j'oublie tout et je décolle dans mon vaisseau.

Je t'embrasse

On est déjà lundi, Suzanne.

J'ai ce rêve qui revient régulièrement. Il est complètement incongru : je fais l'arbre droit, le poirier. Il y a cette satisfaction de le perpétuer depuis l'enfance. C'est sans doute pour ça que je saute à la corde sur scène. Quand j'ai commencé à me produire j'accomplissais ce petit numéro, je me réservais ce moment et je bondissais en avant, en arrière, croisé, rien ne pouvait m'arrêter. J'enchaînais en chantant. J'ai repris cette habitude cette année pour célébrer les 25 ans de mon premier album. Pas facile de récupérer son souffle après, mais c'est une manière de me dépasser, une sorte de transe.

Une bise soufflée

Suzanne de l'été,

Je n'aurais pas cru t'écrire si tôt mais…

Elle vient de lui dire : « Ne pense pas. » Ces mots m'ont fait redresser la tête. Je séchais sur ma serviette de plage, il y avait du vent et les rafales les ont portés à mes oreilles. Une femme de taille moyenne, brune avec une casquette et des tongs, sa peau déjà huilée prête pour griller au soleil. Elle passait devant moi avec son téléphone, en communication avec je ne sais qui. C'était comme si elle s'adressait à moi. La dernière phrase que j'ai entendue c'est : « Gère au fur et à mesure. » Les couleurs vives de son paréo éclairaient en moi quelque chose que je n'avais plus l'habitude de faire. Ne pas penser, se déconnecter, prendre du recul et en effet gérer au fur et à mesure. Tu vois, Suzanne, parfois quelques mots d'une inconnue savent nous remettre dans le droit chemin.

Sophie sur les galets

S,

Qui voilà ? C'est moi !

Je t'ai préparé un teaser. Un genre de storytelling.

Mesdames et messieurs, il était une fois une fille grande, très grande qui vivait dans une toute petite maison au bord de la Méditerranée. Elle était si grande qu'elle ne pouvait toucher ses pieds. Ses bras poussaient en longueur, jamais en largeur. Avait-elle travaillé dans un cirque ou dans des lieux interlopes ? Il fallait compter les têtes de mort sur sa guitare pour avoir des réponses... À toi de me créer un résumé sur mesure. Vends-moi du rêve, s'il te plaît !

Le fameux storytelling. Lui, il est arrivé au milieu des années 2000. Il nous fait comprendre chaque jour que la musique ne suffit plus, on doit tout expliquer, tout décortiquer, raconter une histoire autour des chansons, des albums. C'est comme si tu passais un scanner. D'ailleurs on ne dit plus une « chanson », on dit un « son ». Question de vocabulaire, c'est plus court aussi, plus vaste, ça intègre la prod', le texte, la mélodie, le grain de la voix, l'ensemble. Ça change de « morceau », ou « titre » ; au Québec on appelle ça une « toune ».

Pour revenir à ce storytelling, disons que c'est une sorte de scénario qui parle de ton projet dans le but ultime de te vendre. Un peu comme la bande-annonce d'un film ou une pub.

J'ai appris que le temps moyen de concentration d'une personne est de 9 secondes sur les images d'un clip. Les maisons de disques te répètent ça puis ajoutent que ça ne sert plus à rien de faire des clips, qu'il est préférable de « produire du contenu court ». Je vais finir par ne faire que des gif si ça continue.

J'ai entendu des pitchs, des histoires à dormir debout, des histoires pour faire pleurer dans les chaumières, des histoires tirées par les cheveux, des histoires qui étaient plus intéressantes que l'album que j'allais ensuite écouter et des histoires d'une banalité navrante.

J'analyse assez peu la musique, j'aime la recevoir avec fraîcheur et qu'elle provoque quelque chose en moi.

Tu sais quoi, Suzanne ? On est tous terrorisés devant ce storytelling. Oui, tous. Nous ce qu'on adore, c'est écrire des chansons et parfois tu ignores d'où elles viennent, ni pourquoi ni comment elles te viennent.

Suzanne, a-t-on encore le droit de garder un jardin secret ? C'est une vraie question. Tu vois, ce que j'apprécie chez toi, c'est que tu ne fais pas de grands déballages. C'est aussi ce qui me plaisait quand j'étais petite en observant Catherine Deneuve : le mystère. Je ne sais pas pourquoi on veut toujours assassiner le mystère alors que c'est l'élément le plus intéressant.

Je file, j'ai un zoom dans dix minutes et je préférerais ne pas ressembler à mon oreiller froissé ! Mon Dieu, les zooms…

Hello hello !

Tu es là ?

Je ne lui ai rien réclamé, pourtant, l'écran de mon téléphone a fait surgir une photo de mon premier Olympia.

C'était il y a vingt ans ; pour moi, c'est comme si c'était hier. Tu ne t'en souviens pas, toi, on ne s'était pas encore rencontrées. L'Olympia, Suzanne ! C'était incroyable alors de savoir que mon petit bout de chemin me menait là-bas. Je me demandais si j'allais y croiser tous ses fantômes, de Barbara aux Beatles, Brassens, Dalida, Ella Fitzgerald. Le monde entier connaît l'Olympia. Quand les lettres rouges du boulevard des Capucines s'allument avec ton nom, c'est toujours une consécration.

13 décembre 2004. J'ai failli ne pas avoir le temps de faire la photo ! Ce jour-là tout se passait mal. On avait pourtant plus de cinquante concerts dans les pattes, on était rodés, mais on a commis l'erreur du débutant. On s'était dit « on va prendre une nouvelle guitare, je vais porter une nouvelle

robe, chanter avec un nouveau micro, installer de nouveaux retours ». Sauf que le fameux « tout nouveau, tout beau » ne marchait pas dans ce cadre-là. La balance a été un chaos, les pannes se succédaient, même pour mon micro tout juste sorti de sa boutique. J'avais invité Didier Wampas et Sylvie Vartan. Sylvie Vartan avait décliné par télégramme – le seul que j'ai reçu de ma vie. Elle me souhaitait un excellent concert. Didier est arrivé, timide, on l'a fait attendre car tout flanchait. Au bord des larmes, j'ai eu cette phrase malheureuse qui n'a rien arrangé quand j'ai demandé si les techniciens avaient récupéré le matériel chez Cdiscount. Cela m'a valu de me les mettre tous à dos.

Pendant que je chialais, à bout, dans ma loge, on a tapé à ma porte pour m'avertir que François Hollande et Ségolène Royal étaient là avec leurs enfants. Lui n'était pas encore président mais premier secrétaire du Parti socialiste. Il était venu me saluer lors d'un de mes concerts à Tulle. Le voilà avec toute la famille : surprise ! Ils avaient deux heures d'avance… Du jamais-vu. Double chiale. Puis, j'ai repris mon souffle, séché mes larmes. Après quelques coups de pinceau histoire de cacher ma journée éprouvante, j'étais derrière le rideau le cœur battant pour mon premier Olympia à moi.

Le concert a démarré dans un larsen géant. Au bout de dix minutes, il fallait une goutte supplémentaire pour faire déborder le vase déjà plein : mes retours m'ont lâchée, je n'avais plus de son. Ça faisait beaucoup, mais je n'ai rien dit, j'ai tracé à l'instinct, sans m'arrêter. J'ai essayé tant bien que mal de chanter juste et de survivre à ça. Après tout, je venais des bars, je savais faire.

Didier Wampas est alors entré en courant sur scène et m'a sauté dessus. J'ai chuté en arrière, il m'a plaquée au sol, avec ma guitare. Je hurlais de peur qu'il éclate l'instrument. Il riait à gorge déployée. J'ai fini par me relever. La guitare, qui n'était pas à moi, par chance n'avait pas explosé. On a chanté « Rimini », une de ses chansons que j'adore, et ce duo fracassant m'a finalement détendue – il ne pouvait pas m'arriver pire. Quand je suis sortie de scène, j'étais désespérée, je voulais me planquer, persuadée d'avoir tout raté du début à la fin. Seuls les incidents de la journée et de la soirée défilaient dans ma tête, aucun souvenir du public, comme si ce qui s'était passé n'était qu'un gouffre noir.

Je ruminais dans ma loge, je savais qu'on allait venir me chercher pour saluer les invités, les VIP, la presse, les amis, la famille qui m'attendaient pour me dire quelques mots, boire un verre tous ensemble. À ma plus grande surprise, chacun m'a félicitée de cette sidérante énergie. Un producteur de spectacles qui avait travaillé avec les Rolling Stones voulait me signer. J'avais de quoi me consoler dans cet after mais je n'arrivais pas à me défaire des difficultés traversées. Il y avait donc des différences de ressenti, comme s'il y avait deux camps, ceux qui sont sur scène et ceux qui regardent. Ça m'a aussi fait comprendre que le public aimait l'inattendu, tout ce qui sort du cadre. Moi, de cadre, je n'en avais plus, j'étais en mode survie.

Le temps a calmé ma déception et m'a offert bien d'autres Olympia. « Savoure chaque seconde » est devenue ma phrase clef en tournée. Ces moments passent comme des éclairs, Suzanne, l'éphémère laisse un goût qu'on n'oublie pas.

Oh là là, Suzanne,

Je me suis réveillée avec une barre, une diagonale sur le menton. J'ai frotté, ça ne part pas. Et merde, je ne l'attendais pas à cet endroit, celle-ci. Une ride.

Dans ride il y a *dire*, ma peau parle.

Suzanne,

Paris est de plus en plus cher. Je vois encore et toujours des gens à la rue, pieds nus, dehors en plein hiver. L'été il ne reste qu'eux et les vieillards. Rien n'évolue, tout va mal.

Quand je suis arrivée à Paris, j'ai partagé une colocation. Nous étions trois dans le 17ᵉ, à La Fourche. Deux ans plus tard, j'ai migré dans le 20ᵉ avec Bob dans notre rez-de-chaussée si humide qu'il devenait urgent de partir. En dépit de tous les avis décourageants, j'ai fait les démarches pour un HLM. J'enchaînais les petits boulots et quelques concerts dans des lieux improbables où je passais le chapeau, parfois je récupérais un cachet, mais je ne réussissais pas encore à obtenir le statut d'intermittente. Il fallait à tout prix que je quitte ce deux-pièces moisi.

Je suis allée à la mairie de mon arrondissement et j'ai demandé un rendez-vous auprès du service logement. J'ai rempli des formulaires, attendu une réponse. Rien. J'y suis retournée inlassablement. Deux mois plus tard, nous recevions une proposition d'appartement à l'intérieur d'un immeuble en briques rouges sur la petite ceinture entre la porte de Bagnolet et celle des Lilas. Ce fut un soulagement.

C'est dans ce nouvel appartement que j'ai écrit « Du courage », en montant les escaliers un jour de panne d'ascenseur. Je trouvais que ma vie ressemblait à d'immenses marches et je ne savais pas si j'arriverais à toutes les franchir pour atteindre mon objectif: chanter.

Le mot *courage* est venu à moi en plein effort physique. Je fredonnais le refrain. J'ai cherché chaque couplet en dédramatisant ma situation face aux horreurs que je voyais défiler sur mon petit écran au journal télévisé.

Quand « Du courage » a commencé à passer à la radio, j'ai été contactée par le PS pour que le morceau illustre le clip des acquis sociaux, à l'occasion des Européennes en 2004. J'ai accepté gracieusement, en précisant que c'était uniquement pour la bande-son de la vidéo – ces acquis résonnaient avec les valeurs qu'on m'avait inculquées. Mais le PS s'est emparé sans mon autorisation de ma chanson pour l'ouverture de ses meetings. J'ai été peinée qu'on ne respecte pas ma décision. Max Amphoux m'avait pourtant prévenue qu'il fallait toujours qu'un artiste se tienne à l'écart de la politique.

Connais-tu cette expression : « Tu donnes un doigt, on te mange un bras » ? Dans le Sud il existe une variante : « Fais du bien à Bertrand, il te le rend en caguant. »

Par la suite, « Du courage » a été associée au PS malgré moi. En interview on ne me parlait plus que de ça. C'est curieux et intéressant la trajectoire d'une chanson. Tu vois, Suzanne, on ne maîtrise pas le chemin que va parcourir un son.

Suzanne du mercredi,

Aujourd'hui je suis face à une interrogation.

Pourquoi moi, fille de syndicaliste, je n'ai pas l'âme d'une militante ? J'ai quelques réponses mais avant tout, j'accepte d'être différente, militante n'est pas une obligation. Je sais et j'ai vu que l'engagement prend tout ton temps. Ce n'est pas simplement signer une pétition ou apparaître dans les médias, c'est une histoire de disponibilité totale pour défendre une cause. Les vrais, les purs et durs ne songent qu'à ça. Mon père n'a jamais crié sur tous les toits qu'il était engagé, c'est en lui.

Mes projets prennent tout mon temps, je m'investis et je ne délègue rien, ou si peu. Ma mission est de donner des émotions et du bon temps aux gens. Les actions personnelles et concrètes me correspondent davantage. Pendant un an et demi je me suis rendue à la Halte des Femmes un jeudi sur deux pour donner un atelier de chant à des femmes sans abri qui venaient effectuer un brin de toilette et trouver le repos. C'était un geste minuscule mais aussi une manière de les entendre, de les faire penser à autre chose. Elles traversaient de telles épreuves que tout m'apparaissait très dérisoire quand je sortais de là-bas.

On demande souvent à un artiste s'il est engagé. Est-ce que le militantisme valorise une chanson ? Vaste sujet. J'adore écouter Joan Baez, si connue pour ses prises de position. J'ai été surprise de voir sur les plateformes que son titre le plus plébiscité est celui qui parle d'amour. « Diamond and Rust » raconte ce qu'il reste de sa relation avec Bob Dylan. L'amour est plus fort que tout.

Une chanson ne changera pas le monde. Elle éclaire, elle égaie, elle donne de l'humanité, elle rassemble, elle crée de la chaleur humaine. C'est déjà pas mal, je crois.

Bisette

Su' de l'instant d'après,

Je t'écris deux fois aujourd'hui.

La vie nous rattrape parfois, comme à ce concert en banlieue où mon éducation est revenue à grands pas. On m'avait appelée à la dernière minute pour remplacer un artiste ne pouvant honorer un co-plateau. J'avais l'habitude de ça à mes débuts. Ne me demande pas avec qui je partageais la scène, je ne m'en souviens plus.

Je suis arrivée dans les loges, ça discutait. J'ai questionné l'autre chanteur pour savoir quel était le montant de son cachet. Quand j'ai entendu qu'il gagnait presque le double de moi pour un concert de durée identique en ayant une notoriété similaire, c'est comme si j'étais sortie de mon corps. J'ai grimpé dans les bureaux de la direction pour obtenir la même chose. Moi la timide, je ne me suis pas reconnue, j'ai fait valoir ma légitimité. J'ai défendu mes droits, corps et âme, jusqu'à un début d'aphonie.

J'avais mis ma robe courage, sans brushing, pour espérer un monde plus équitable.

Suzanne de 16 heures,

Un jour, j'ai dit à ma mère : « J'ai un flageolet dans l'œil. » Je n'étais pas bien grande.

J'ai gardé de l'enfance cette déformation des mots, il m'arrive de les confondre et certains ne veulent pas rentrer dans ma tête. J'ouvre encore et toujours le dictionnaire. Et ce soir, je cuisine des orgelets.

*Dear* Souzaïne,

Je parle le yaourt avec une aisance déconcertante.

Je suis yaourtglotte ; comme une grande oratrice, je le brasse, je l'arrondis au fond de mon palais.

Là, par exemple, j'essaie d'avancer ma chanson et je nage la brasse coulée. *Chacun voit midi à sa porte*. J'ai des doutes sur ce titre qui, entre nous, n'est pas spécialement beau, mais l'expression me plaît. J'ai réécouté les essais que j'avais enregistrés sur mon téléphone. J'en ai effacé la moitié et j'ai empoigné ma guitare. Pour trouver mon texte en français, je passe par ce qu'on appelle le « yaourt » dans le jargon. J'invente des mélodies en me prenant pour une Anglo-Saxonne. Je me lance, j'improvise, je tente. Je t'envoie un audio pour que tu aies une idée. Je fais ça parce que la langue est ronde et élastique, elle rebondit dans ma bouche, je dis absolument n'importe quoi. De temps en temps, je place un vrai terme anglais, mais si une phrase déboule en français, je garde, c'est bon signe. Ça ne vient jamais au hasard, ce sont des thèmes que je voulais aborder.

Le français n'est pas toujours évident, bien que ce soit ma langue maternelle. Elle est plus sèche, plus anguleuse que l'anglais, plus souple. Elle est tout de même belle et douce et c'est un plaisir de chercher les mots justes, ceux qui sonnent sur la musique et vont se fondre en rythme. C'est compliqué, une chanson, l'angle est important et on doit tout dire en quelques minutes. Un vrai sprint, pas un marathon. Le marathon, c'est la carrière, et ça, encore une autre histoire.

*Tendrement.*

Suzanne, j'ai retrouvé une carte du P.-D.G. de ma maison de disques. Un 18 juillet – jour de mon anniversaire –, il écrit « Tendrement ! ». C'est tout. Je la garde.

Suzanne,

Es-tu connectée ?

Je vais t'envoyer des vocaux. Tu auras du son. Comme je suis chanteuse, on me demande souvent ce qu'il faut écouter en ce moment. Eh bien, ce qui vous fait plaisir, il y en a pour tous les goûts !

J'ai remarqué une rythmique commune à tout ce qu'on entend, c'est un emprunt au reggaeton. Ça chaloupe, c'est instinctif. Il vaut mieux l'écouter au lieu d'essayer de le décrire. Je vais te fredonner quelques-unes de mes chansons sur cette rythmique, ça marche sur tout, ça fait bouger le fessier. Ce soir, j'ambiance ton ordi, ouvre tes enceintes, c'est contagieux. Tu me diras quelle version tu as préférée.

## Suzanne du dimanche

Connais-tu cette histoire ? Moi oui, par cœur.

Depuis la nuit des temps, des hommes et des femmes vivaient dans la petite ville de Nostalgie.

Ils avaient la particularité de marcher la tête penchée en arrière pour rester en relation avec le passé. Le soir, leurs oreilles s'écartaient de droite à gauche comme deux rétros pour écouter la musique. Ils adoraient ça. Ils décidèrent de créer un quartier spécial pour honorer cette activité.

Se sont dressés des immeubles en forme d'amphithéâtres, des jardins aux fontaines mélodieuses et des kiosques. Au centre, une scène circulaire qu'ils nommèrent le Firmament. Les musiciens étaient nombreux à venir s'y produire. La petite ville de Nostalgie avait la particularité de ne jouer que des reprises. C'est ainsi que chaque soir les Nostalgiques dansaient, s'émouvaient sur des airs du passé. Il n'y avait jamais de nouvelles chansons. Les soirées étaient les mêmes, la musique aussi. Les habitants se rencontraient, des couples se formaient et, quelques mois après, on célébrait la venue de nouveau-nés. Tout le monde connaissait les couplets par cœur, les refrains par cœur, les paroles par cœur pour se rassurer. Mais un jour, la ville entière, bercée, épuisée, lassée, s'endormit à la première mélodie. On percevait à des kilomètres à la ronde les ronflements d'une ville en sommeil.

Des semaines plus tard, une jeune voyageuse posa ses valises et sa guitare à Nostalgie, qui tremblait sous les vibrations respiratoires. Elle ne comprenait pas ce qui se passait, tout semblait figé. Si heureuse d'être arrivée, elle se rendit sans attendre au Firmament dont on lui avait tant parlé. Quelle ne fut pas sa surprise ! Elle se trouva face à des corps échoués, des épaves. Les gens étaient là, hommes, femmes, enfants, allongés, fatigués, les paupières closes devant la scène. Ils étaient restés dans la position de la dernière écoute, celle qui fut fatale. Le spectacle était désolant.

Notre nouvelle venue eut une idée. Elle monta sur les planches avec sa guitare et transforma sa peine et ce spectacle navrant en notes et accords.

Petit à petit, les corps se redressèrent et tendirent l'oreille. Les Nostalgiques retrouvaient de l'énergie, ils l'écoutaient bouche bée, ils se reconnaissaient dans ses histoires. « Une autre, une autre ! » criaient-ils. La Voyageuse leur chanta son périple jusqu'au Firmament. Les spectateurs l'acclamaient, ils étaient si curieux que les têtes commençaient à pencher en avant. D'autres interventions suivirent, des garçons, des filles, des parents, des grands-parents osaient fredonner et décrire leur vie. Ils inventaient des chants. Les personnalités se révélaient, le Firmament entrait dans une ébullition créative. Les spectateurs affluaient, avides des émotions qu'ils recevaient en cascade.

Les Nostalgiques comprirent alors qu'à force d'avoir vécu dans le passé, ils n'avaient fait que ressasser, jusqu'à éteindre la ville. Ils retrouvèrent la raison grâce à cette voyageuse. Le Firmament épousa un large choix de représentations, aussi diversifiées les unes que les autres, et les jours devinrent nouveaux pour tous ses habitants. Leur patrimoine restait tout de même précieux, et ils décidèrent de mettre à l'honneur les reprises une fois par an seulement, pour travailler leur mémoire.

La Voyageuse repartit à Bonsens, là où elle habitait, sa ville de cœur. Elle raconta à ses amies l'histoire de Nostalgie en concluant qu'à trop repriser, comme avec un bout de tissu, tout finit par s'user et craquer.

Nostalgie a d'ailleurs changé de nom quelques semaines plus tard, elle s'appelle à présent Firmament. La jeune fille devenue femme lui rend visite chaque année pour humer les fleurs du joli parc baptisé en son honneur : le jardin de la Voyageuse.

Chère Suzanne,

Je viens d'avoir mes parents au téléphone, on imaginait les EHPAD dans quarante ou cinquante ans.

Nos grands-mères actuelles sont bercées par l'accordéon avec des airs d'Édith Piaf ou de Tino Rossi. Nos parents auront droit aux guitares des Stones et aux yéyés, ma génération sera toujours sensible aux Rita Mitsouko et à The Cure, et celle des années 2020 glissera lentement au son du vocodeur avec le charleston de la boîte à rythmes qui frisera à tout va.

Chaque génération va mourir avec la culture de sa jeunesse. Les musiques sont des madeleines de Proust.

Ma chère et douce,

Je viens d'entendre « These Boots Are Made For Walkin' » à la radio, ce tube interprété par Nancy Sinatra. Tu sais, c'est Lee Hazlewood qui l'a écrit dans les années soixante. Elle est indémodable, cette chanson. Je l'ai rencontré, j'ai même chanté avec lui. Jamais je n'aurais imaginé que ce soit possible. C'est encore plus fort que les rêves, l'inimaginable.

L'histoire, c'est que j'avais repris « These Boots » sur ma tournée en 2001, ma version est sur *Le Porte-bonheur*. Quelques années plus tard, Lee a demandé à faire ma connaissance pour un disque de duos qu'il voulait enregistrer avec des artistes du monde entier. Un journaliste français lui avait signalé ma reprise.

Début de l'été 2005. Me voilà en route pour un barbecue en banlieue parisienne, chez son éditrice. Il fêtait ses 76 ans avant de repartir à Dallas. Moi j'étais dans ma trentaine. Je l'ai aperçu au loin dans le jardin. Le gars n'était pas commode apparemment. On m'avait prévenue qu'il était malade. Je me suis approchée de lui. Il était appuyé sur sa canne. Son regard déterminé ne me mettait pas vraiment à l'aise, j'avais l'impression de marcher de travers, d'avoir commis un impair et d'avancer vers lui au ralenti. À quelle sauce allait-il me manger ? Je l'ignorais. Mon corps s'est robotisé, mes pas se sont faits saccadés. Il m'a lancé sans même dire bonjour : « *Why* La Grande Sophie *?* » J'ai répondu dans un anglais approximatif que j'étais la plus grande des Sophie de ma rue. Il a explosé de rire, son visage s'est adouci et nous avons trinqué – et ainsi il a validé ma présence auprès de son clan. Tu savais que les Américains mettent des glaçons partout, même dans le champagne ? C'était un après-midi convivial, familial même, et pas du tout mondain.

Il m'a donné rendez-vous en studio pour partager avec lui une de ses chansons, « Leather & Lace ». Il a expliqué que je pouvais écrire quelques mots en français, ce que j'ai fait sans plus attendre. Je n'avais pas le choix, je devais réussir. Après une semaine à me ronger les sangs, son éditrice m'a annoncé que mon texte était validé.

L'air insouciant, j'ai ouvert la porte du studio de la Seine à Bastille. Il était là et m'a présenté Death Bird, son perroquet en peluche posé sur le canapé, son meilleur ami disait-il. Il s'est placé devant son micro, moi de même. Il s'est gargarisé au whisky.

Moi aussi. Non, je déconne ! Un plexiglas nous séparait, nous étions face à face. L'intro de notre duo a démarré, c'est lui qui chantait en premier. Quand ça a été mon tour, ma main s'est mise à trembler de façon incontrôlable, ma voix aussi. Il a lancé : « *Stop. Laid back, laid back*[1]. *We'll start again, don't worry.* » J'ai souri, j'ai compris que sa patience aurait des limites. En trois prises, c'était dans la boîte. Au déjeuner, Alain Bashung nous a rejoints avec sa femme dans la petite brasserie à côté. Deux monstres sacrés de la musique étaient à la même table que moi. Je me souviens qu'il ne disait pas un mot, rien, c'était touchant de le voir comme un enfant, une statue médusée par son idole.

L'année suivante, j'ai envoyé à Lee la chanson que j'avais créée spécialement pour son anniversaire, « Seventy Seven ». J'ai écrit le texte en anglais, je ne l'avais jamais fait, je voulais lui offrir un cadeau sur mesure, lui faire plaisir. Il est mort quelques mois plus tard, emporté par sa maladie. Peut-être a-t-il emporté Death Bird à ses côtés.

1. Se dit en musique pour ne pas précipiter le chant et être plus cool, « au fond du temps ». Rester calme.

Suzanne de la rentrée,

Comment vas-tu ?

As-tu reçu ma carte postale ? J'envoie toujours la plus désuète que je peux trouver. Ce sont mes préférées.

L'image, Suzanne. Celle qui enfant nous récompensait quand on était sage, quand on avait bien travaillé.

Dans l'industrie du disque, le visuel a dépassé la musique, je crois. Il dévore le monde et les buildings. Les réseaux ne sont que succession d'images qui défilent, s'agitent et polluent. Dès que tu allumes un écran, c'est la course. De la performance à l'esthétisme, du quotidien à l'information, de l'ordinaire au spectaculaire, tout est visuel. L'audio devient presque dérisoire, d'ailleurs tout est sous-titré pour que tu puisses y accéder en un coup d'œil sans déranger.

L'image, ce qui classe par catégories les personnes. Elle fait plus de bruit que le son. On côtoie pour l'image, on crée pour l'image. L'image est le reflet de ce qu'il restera de toi. On la corrige, on la retouche. On veut offrir une bonne image. On l'embellit, on la filtre, on la monte, on la démonte, on lui donne un sens ou pas, on la cherche, on la contrôle. L'image a un ton comme la voix en a un. Qui gagnera entre le son et l'image ?

Suzanne de l'hiver,

Le 26 janvier 2007. C'était la première fois que je me produisais au Zénith de Paris en tête d'affiche. Calogero et Hubert-Felix Thiéfaine avaient eu la gentillesse de m'y accueillir en première partie. Là c'était mon Zénith à moi. Un blogueur a retranscrit mon concert. Il précise que je ressemble physiquement à PJ Harvey.

Je regarde les photos qu'il a prises, ma frange est impeccable. Il parle d'une escouade de majorettes – je *rêvais* de traverser la salle suivie d'un défilé de majorettes. Pas facile de dégoter un club en région parisienne, mais on a fini par trouver à Asnières. J'étais fière, c'était l'aboutissement de la tournée *La Suite*, mon quatrième album. Les bâtons des filles tournaient derrière moi. Ma manageuse, Judith, m'avait offert une robe rouge sérigraphiée, puis je devais changer de tenue pour terminer en robe argentée. Après cette fameuse soirée, Valéry Zeitoun, mon producteur, a fait un discours en mon honneur et m'a remis un disque d'or devant les médias. Ce succès récompensait son enthousiasme à mon égard et son sens de l'instinct. Dans les remerciements, prise par l'émotion, j'ai manqué d'inclure Judith. La réception de cette récompense en a été gâchée. Je m'en voulais. C'est souvent comme ça, on oublie les plus proches de soi. Je ne suis pas faite pour tous ces discours et remises de prix. Je m'en suis excusée dans la foulée. Ça m'apprendra, je n'aime pas préparer à l'avance.

Cette tournée avait tout de même fini en apothéose et dès le lendemain matin, nous sommes montés dans l'avion avec Judith, direction le Canada. J'allais assurer les premières parties de Dumas, un chanteur québécois, il avait ouvert mes concerts en France. En avant pour Montréal et ses alentours en plein mois de février. On nous avait attribué un petit appart, dans le quartier Duluth. Il faisait – 36 °C.

Chaque jour, nous partions Judith et moi rejoindre Dumas dans notre voiture de location. On aurait pu monter une série de sketchs. On n'était jamais d'accord au début, mais à la fin ça finissait toujours bien. Judith avait raison presque chaque fois et j'aimais lui tenir tête.

Un soir où je venais de sortir de scène, l'équipe de Dumas nous a dit de filer à Montréal avant la tempête de neige. On est reparties toutes les deux, pas très à l'aise. Judith conduisait le bolide, elle écoutait en boucle « La Boulette » de Diam's, ça la rassurait. On avait la tête collée au pare-brise pour voir la route. Nous sommes arrivées saines et sauves, la journée s'est clôturée sur un Scrabble et Judith a gagné, comme d'habitude.

Je sortais d'un Zénith flamboyant et je recommençais de zéro sur un autre territoire. « Rien n'est jamais acquis. »

Cette phrase ne cesse de résonner en moi. Une bonne remise en question excitante et nécessaire pour remettre ses pendules à l'heure. Mes blagues ne passaient pas du tout comme à Paris, tout comme mon interprétation de Marilyn Monroe avec « My Heart Belongs To Daddy » qui avait cartonné en France.

C'était assez déstabilisant, mais je m'acharnais. Judith me suppliait d'arrêter mes vannes et me conseillait de changer de reprise. Au bout de trois concerts, je me suis exécutée et je me suis adressée différemment aux gens. Je humais le présent. J'ai remplacé Marilyn par Madonna en choisissant « Love Profusion » que j'adorais. J'étalais un long parchemin de paroles sur ma grosse caisse en guise d'antisèche. La salle m'envoyait des signaux positifs et enjoués qui me consolaient de mes prémices maladroites au pays du froid.

Bisous de caribou

Suzanne d'avril,

J'attendais cette lumière avec impatience, elle change mon humeur et vient raviver ce qui s'était endormi au fond de moi pendant l'hiver. Aux beaux jours, les gens me parlent de ma chanson « Quand le mois d'avril ».

Ce titre m'a valu des discussions avec mon directeur de label. Il m'avait demandé si je ne pouvais pas modifier le tout début, « *J'étais une jeune fille ou bien un garçon, je ne sais plus très bien* », sous prétexte que c'était flou et que ça ne pourrait jamais être un tube. Je ne comprenais pas. Au contraire, j'aimais cette ambiguïté, elle interpellait et nous invitait à nous poser des questions, d'autres questions. Je me suis sentie seule au monde quelques jours. Une phrase aussi anodine pouvait donc faire tout basculer ? Je suis restée sur ma position sans le regretter mais ma conviction a peut-être affaibli sa motivation pour défendre le titre comme il avait pu le faire autrefois.

C'était mon cinquième album. Mes expériences en studio m'avaient rendue claustrophobe. Je sentais que j'étais l'autodidacte qui avait beaucoup à apprendre et dont l'avis ne comptait pas toujours. J'admirais le talent des producteurs aguerris mais je remarquais aussi que la plupart n'écoutaient pas les textes et ne savaient pas de quoi parlaient les chansons. Ils se focalisaient sur le son. Là, je travaillais avec Édith Fambuena, une des rares réalisatrices. Elle m'a laissé une place qu'on ne m'avait pas donnée avant. J'étais active, elle me faisait participer à tout, je jouais de la batterie, on avait installé un micro chez moi pour que je sois plus à l'aise pour interpréter et c'était moi qui appuyais sur REC. Jusque-là, je ne choisissais pas à tous les coups les musiciens qui jouaient sur mes albums. La majorité des réalisateurs s'entouraient de ceux qu'ils connaissaient déjà pour gagner du temps. Les studios coûtaient cher et on percevait la pression dans ces endroits à huis clos. Moi, je venais du live, de l'éphémère, de la spontanéité. À partir de ce cinquième album, *Des vagues et des ruisseaux*, j'ai su que j'avais toutes les clefs en main, et je suis devenue plus exigeante par la suite.

Nous étions en 2009, cette année-là j'ai rencontré Françoise Hardy, grâce à ma chanson « Quelqu'un d'autre ». Je te raconterai, promis.

Kiss kiss

Suzanne, c'est moi,

Je sors d'un déj'. Les déj' à Paris ne démarrent jamais avant 13 heures. Si c'est avant, tu passes pour une provinciale, une vieille ou une affamée. Je me suis positionnée sur l'affamée – ce que je suis vraiment.

Je me suis fixé 12 h 30. J'aurais bien pris le créneau 12 heures mais, dans la musique, c'est tout juste la fin du petit-déj'. Si t'as pas trois déj' dans ta semaine, t'as raté ta vie. Dans mon job, avoir des déj' permet de créer du réseau, c'est tout un art. Tu commences par parler du quotidien, météo, RATP, transports, ensuite tu abordes la famille, si la personne est trop pudique tu enquilles sur la céramique ou le sport, sans trop t'étaler bien sûr. Après, quand tout le monde est bien détendu, tu entres dans le vif du sujet. Il est souvent déjà 14 h 30.

Quand j'ai un déj', je bloque une demi-journée. En général, tu finis au plus tôt à 15 heures. 15 h 30, c'est bien. Je te donne les horaires parisiens là, je ne connais pas les autres.

Big biz

Suzanne des grands jours,

Hier, j'ai reçu un message qui me glorifiait de la grande médaille de la chanson pour toute mon œuvre à l'Académie française. J'ai donc une œuvre. Je vais aller sous la coupole en novembre, on va me remettre l'objet, comme mon grand-père ! Pas la même. Lui était colonel et on ne pouvait entrer dans sa maison sans défiler devant toutes ses récompenses de guerre.

Toujours est-il que je ne m'attendais vraiment pas à ce que cette haute institution m'attribue un prix. Quand j'ai annoncé ça, certaines personnes ont cru que j'accédais au rang d'académicienne. Les plus comiques restent mes parents. Tous les deux collés au haut-parleur du téléphone, ils étaient contents après un lot d'onomatopées hilarantes.

Tu le sais bien, toi, Suzanne, qu'on n'écrit pas pour recevoir des médailles. J'avoue néanmoins que quand elles tapent à ta porte, en plus par surprise, tu les accueilles avec bonheur.

J'ai eu différentes récompenses avant celle-ci : le prix Charles Cros, deux Victoires de la musique et quatre disques d'or. Ça vient flatter une partie de mon ego, c'est encourageant. Je n'oublie pas pour autant la réalité. La vie sait te faire redescendre au plus vite de ton nuage, tout ça est éphémère. Ça brille sur le papier et dans ton curriculum vitae, ça te donne de la crédibilité. Le monde marche ainsi. À chaque prix que j'ai reçu, ma mère m'a précisé qu'avec ou sans distinction, elle m'aimait avant tout parce que j'étais sa fille. Elle ne se laisse pas impressionner par les récompenses, ma mère. Elle est heureuse pour moi.

SUZEN,

Il te va bien ce petit surnom !

Et toi, quel rôle joues-tu ? Je remarque que dans une sorte de mue perpétuelle, nous tenons un rôle différent selon les personnes et les contextes.

Je suis la tête en l'air, celle qui met les pieds dans le plat, celle qui va faire une gaffe. Je suis l'attentive qui va écouter tous tes problèmes, je suis la muette, je suis celle qui va te distraire, je suis… Eh oui, au sein d'un groupe, tu as ta place. Au sein de mon équipe, par exemple, je suis la patronne – je n'aime pas ce terme mais je dois dire que je suis respectée. Je mène mon projet donc je décide.

Pour ma famille, je suis l'aînée, la grande, responsable, qui a toujours tout eu du premier coup, son bac, son permis, ses concours. Celle qui savait ce qu'elle voulait faire plus tard, l'enfant calme sans problèmes bien que très émotive. Ça ne signifie absolument pas que je suis la meilleure, loin de là. Mon petit frère est beaucoup plus dégourdi et responsable que moi. Auprès du public, je suis la chanteuse, plutôt abordable, la souriante, agréable, « la grande sœur », m'a dit une passante.

Au fond de moi je suis tous les âges qui se succèdent. Certains jours j'ai 5 ans et d'autres, 90.

Suzal des festivals,

Ça va ? Qui m'a envoyé cette photo où je surfe sur la foule ? Pas d'adresse au dos de l'enveloppe.

Finalement j'étais assez casse-cou. Moi et mon vieux fantasme : plonger dans la fosse. On appelle ça le *stage diving* ou le « slam ». J'avais toujours vu des gars le faire mais jamais de filles, en tout cas pas des chanteuses. Ça me démangeait. Un soir, je me suis jetée à plat ventre sur le public, ce qui m'a permis de savoir où j'allais. C'était magique, je voguais de bras en bras, j'étais en apesanteur, le bain humain me portait, me baladait, je planais avec un air extatique. Je leur ai signalé de me reconduire au bord de la scène. Après, je demandais aux vigiles de me faire la courte échelle pour rejoindre mes camarades, mais il y a eu une fois où ils n'ont pas répondu. J'ai donc fait le tour de la structure en courant, je suis passée par la sécu, pendant que les musiciens me cherchaient du regard et meublaient en jouant. Quand je suis enfin revenue devant mon micro, j'ai enchaîné sur une autre chanson, essoufflée.

J'ai recommencé chaque soir ces vols planés et mes traversées sur toute la tournée du *Porte-bonheur* et les deux suivantes.

Un jour, nous nous sommes rendus dans une salle des fêtes à la campagne. Il était évident que ce n'était absolument pas l'endroit pour m'adonner à mon nouveau jeu favori. Le concert se passait bien et une sorte de transe montait en moi. Je me suis littéralement jetée. Jetée, oui ! J'ai écrabouillé de tout mon poids un corps. Qu'est-ce que je faisais là sur cette fille ? Assommée et plaquée au sol, elle ne bougeait plus. Elle était devenue rouge et ma Doc était tatouée sur sa joue droite. Elle m'a regardée ébahie et m'a dit : « C'était dingue ! » Je n'ai jamais recommencé.

Suzanne tout court,

Je ne sais pas si tu te rends compte. Je l'ai cherchée partout. Dans les rues, aux rendez-vous, chez des amis, aux déj' et en vacances. Elle a disparu sans qu'on s'y attende, tu m'entends ? À vrai dire, je n'étais pas forcément fan de la croiser aussi souvent.

C'est en voyageant que j'ai réalisé à quel point elle nous caractérisait, nous différenciait, nous, petits Français. Elle était là tout le temps, tous les jours. Gênante parfois il faut bien l'admettre, furtive, collante, sonore, frôlante, maladroite, passionnée, tendre, douce. Elle était tout ça à la fois. Multiple ou solo en fonction des régions. La voilà gommée. Plus de smack, mouhah et autres bruits suspects proches de l'oreille. La bise, Suzanne, on ne fait plus la bise. C'est frappant, tu ne trouves pas ? Le pire, c'est qu'on l'écrit. On conclut nos messages avec elle, au pluriel ou au singulier, elle s'écrit mais se claque moins.

Souviens-toi, en France la bise était très pratiquée, je veux dire avant le covid. On se sentait parfois obligé de commencer un rendez-vous comme ça. Si quelqu'un lançait le mouvement. On venait frotter sa joue contre celle d'un ou une inconnue, ce qui créait une proximité, une intimité souvent incongrue. Et si par chance la poignée de main reprenait ses droits, la bise écoutait aux portes, restait tapie dans un coin, elle pointait sa tête dès que la confiance semblait établie. Imagine dans le show-business, où si tu es l'élue de cette grande famille, ta joue n'est qu'un tapis de rouge à lèvres, de bave et d'haleines. J'ai donné des coups de pommettes, équipée de lunettes, fait rugir le taureau en moi.

Désormais, on garde ses distances. On hoche la tête en levant le menton, on se fait signe de loin, on se dit bonjour, on se checke poing contre poing et peut-être éventuellement on se serre la main. On se fait des accolades à l'américaine. Qui ose la bise, Suzanne, qui ? Ne l'oublions pas. Choisissons à qui nous ferons ce bisou, ne l'exterminons pas à tout jamais, nous perdrions notre identité. Sur ce, je t'embrasse chaleureusement de gauche, à droite.

Suzanne du deuxième jour de la semaine,

Quand j'ai reçu mon premier disque d'or, j'ai passé une catégorie. Le P.-D.G. de ma maison de disques m'envoyait des bouquets énormes pour mes anniversaires. Il y avait toujours ce mot : « Tendrement. » Le P.-D.G. était présent à mes concerts, je lui ai même slamé dessus, il tendait les bras dans la fosse, j'étais portée. Je savais que si j'obtenais un disque de platine, je gagnais un repas chez le P.-D.G. Pas de platine, pas de dîner !

Suzanne du matin,

« Vous êtes d'une ponctualité militaire ! » C'est la première chose que m'a dite Françoise Hardy quand elle a ouvert la porte de chez elle. C'était notre premier rendez-vous.

J'ai pris mon temps avant de la rencontrer. Son statut d'icône m'impressionnait tout comme le pouvoir intime de sa voix. J'ai d'abord choisi de lui envoyer des mails pour tisser un premier lien et mieux la connaître. Au bout de quelques mois, je lui ai annoncé que j'étais prête, nous pouvions nous voir. J'ai traversé Paris, d'est en ouest, de Montreuil au 16e.

La régularité de nos échanges était inédite, on aimait correspondre, sur le ton de la légèreté, c'était un bon début. Elle répliquait spontanément, sans tarder. Je n'étais pas habituée à ça. Nos discussions étaient de vraies parties de ping-pong.

Je n'arrivais pas à la tutoyer, c'est venu avec le temps.

Nous n'étions pas souvent d'accord, mais elle appréciait entendre un point de vue différent du sien. Je découvrais une femme sans filtre qui ne calculait pas ses réponses. Je te joins l'extrait de notre échange après que je l'ai informée de la couleur orange de mon canapé :

*Chère Madame Arlequine,*

*Merci pour votre gentillesse et votre infinie patience vis-à-vis de la personne décourageante que je serai toujours en ce qui vous concerne – nous sommes trop aux antipodes l'une de l'autre et incompatibles à 99 % finalement. (Comme vous pouvez le constater, je fais preuve d'un optimisme surprenant en nous laissant 1 % !)*

*Par exemple, j'ai bien peur que, loin de me faire rire, votre débauche de couleurs me consterne. À mes yeux, l'élégance commande la monochromie alors que l'excès de couleur signe une certaine vulgarité – qui devrait d'ailleurs rapidement fatiguer l'adepte incorrigible que vous êtes. Mais chacun trouve son bonheur comme et où il peut, l'essentiel étant de le trouver. C'est vraiment dommage que je n'aie pas votre humour – surtout pour moi et pour vous par rapport à moi !*

*Je vous embrasse,*

*F.*

*Chère Françoise de Suchet,*

*Cette année je ne suis pas sûre d'emmener mon mauvais goût en vacances, quoique, je me demande si un voyage ne lui ferait pas le plus grand bien !*

*Peut-être qu'un peu de soleil réussirait à le délaver, à l'estomper, le pastelliser.*

*Si c'est le cas, car mon autre défaut est de ne pas prévoir, ce ne sera pas avant fin août.*

*Françoise, vous êtes incorrigible ! Je ne sais comment prendre certaines de vos phrases, je n'ose parfois plus vous écrire car nos différences vous consternent.*

*De mon côté et je vous le répète, c'est important d'être si dissemblables.*

*La vie ne sert qu'à s'endurcir, c'est ce que je me dis.*

*Je vous embrasse,*

*Sophie de Montreuil*

Aujourd'hui je reste baba qu'elle ait interprété deux de mes chansons. Il y a eu « Mister » pour son album *La Pluie sans parapluie*, elle voulait la chanter et moi je n'en revenais pas. J'ai attendu de la voir gravée sur le disque pour y croire. Plus tard, quand j'ai écrit « Le Large », qu'elle a validé le jour même de mon envoi, elle a souhaité que je sois réalisatrice du titre en studio. La confiance qu'elle me portait décuplait mon plaisir de retravailler avec elle et d'être entièrement à son écoute. Elle était fragilisée par ce qu'elle avait traversé, sa maladie, les effets secondaires des traitements et aussi le texte de ma chanson. « Le Large » avait plusieurs significations pour moi, il s'agissait de prendre du recul, de s'éloigner du métier... Elle disait que ce serait son dernier album et c'est comme ça que j'ai eu l'idée de ces doubles sens.

*Et demain tout ira bien, tout sera loin*
*Là au final quand je prendrai le large*

Elle ne voyait que le plan sombre et morbide du texte, alors à l'enregistrement elle a dû s'en détacher pour ne pas s'effondrer. Si elle y pensait, il ne lui resterait que ses yeux pour pleurer, expliquait-elle. J'essayais toutes les blagues que je connaissais, aucune ne la faisait rire. Je me prenais des vents, que dis-je des tempêtes, des bourrasques, mais je continuais. Elle était tracassée par de nouveaux symptômes pour les prises de voix que nous étions en train de faire. Elle me confiera plus tard que c'était une rechute.

Notre correspondance s'est espacée, les nouvelles étaient de moins en moins réjouissantes jusqu'à sa disparition le 11 juin 2024. Je garde un magazine avec une belle photo d'elle sur ma table de chevet.

Je t'écris tous les jours à la même heure en ce moment. Il est temps d'aller sous la douche, j'ai des rendez-vous aujourd'hui, je vais passer à la vitesse supérieure.

Je t'embrasse,

Sophie de bonne heure

Suzanne,

Il y a cette grande question à propos des personnes célèbres : « Alors, elle est sympa ? » Moi-même je me suis déjà surprise à la poser, pourtant j'en ai strictement rien à foutre. « Sympa », ça rassure tout le monde en général, on a certainement envie d'aimer quelqu'un de bien.

Dans mon métier et peut-être aussi dans la vie, ce ne sont pourtant pas les « sympas » que l'on respecte. Pas plus tard qu'hier, quelqu'un a ajouté « Merci pour ta gentillesse. » J'ai pensé : *Ça sent le roussi.*

Je préférerais qu'on dise de moi : « Elle n'est pas à prendre avec des pincettes. » Épitaphe ? Trop tôt pour y réfléchir.

Chère,

Encore un « Tendrement », il date du 18 juillet 2009, écrit à la main, le bouquet était si lourd que je n'arrivais pas à le remonter seule chez moi. Mon label, Suzanne. Dans label il y a *la* et *bel.*

À l'envers, c'est *le bal.*

Dansons !

Je t'embrasse

Suzanne à paillettes,

Petit rappel des règles élémentaires du show-biz :
– Tu t'éclipseras sans faire d'au revoir en soirée ;
– Tu diras bonjour, le monde doit savoir que tu es là ;
– Tu sauras détecter les fourbes ;
– Tu n'attendras aucun retour quand tu enverras ton projet aux professionnels ;
– Tu te feras désirer ;
– Tu ne couperas pas la parole aux journalistes lors d'entretiens ;
– Tu orienteras les interviews qu'on fera de toi, l'inverse ne te ressemblera pas ;
– Tu écouteras ce qu'on a à te dire et tu répondras « Oui, oui » à ceux qui veulent avoir raison, ils oublieront, toi seule peux prendre la décision finale ;
– Tu feras confiance à ton instinct.

Suzanne d'un instant,

Ne t'inquiète pas, ça monte et ça descend. Le moral, très chère, le moral ! Je ne t'apprends rien, Suzanne, je sais que tu sais. Les femmes sont toujours les premières à trinquer. J'ai eu un rythme de croisière, mais il y a aussi eu ces moments où j'ai perdu beaucoup de mes rêves.

Mon parcours est atypique, tout s'est construit progressivement. On est peu nombreux dans ce cas-là. À mon âge, la plupart semblent se stabiliser et s'épanouir. Bizarrement, je perds souvent pied, je ne sais pas trop ce qui va arriver. Je redouble de travail.

Je t'écris, ça me sauve, c'est un bon début.

Suz-anne,

J'étais assise à la terrasse du Pick-Clops, dans le Marais, je regardais passer les gens et je t'écrivais. Il était environ 15 h 30. À ma gauche, des Américains buvaient du Ruinart. À ma droite, un homme et une femme se sont installés. Ils étaient à vingt centimètres de moi. J'ai rapidement senti qu'ils m'observaient, qu'ils m'avaient reconnue. Ils ont fait comme si de rien n'était, ils ont enchaîné leur conversation en glissant :

Lui : Tu as vu ?

Elle : Oui, j'ai vu.

Lui : C'est la classe quand même.

Elle : Oui, j'avais pas fait attention, oui la classe, mais pas la grande classe non plus.

Je ne bronchais pas, je tendais l'oreille, je recopiais tout ce qu'ils disaient. C'était de moi qu'ils parlaient. Je faisais la fille immergée dans son téléphone et je pensais tout bas : *Mais que faut-il donc faire pour avoir la grande classe ?*

Le sais-tu, toi, Suzanne ? J'entendais leurs conversations de boulot, ça causait chiffons. Ils bossaient sans doute dans la mode. On faisait alors semblant tous les trois. On s'espionnait. J'avais envie qu'ils comprennent que je les écoutais mais j'allais partir.

Le gars a dit : « Je suis à fleur de peau avec mes quatre heures de sommeil par nuit. » Je me suis levée, j'ai enfilé ma veste, je les ai regardés et j'ai lancé : « Fleur de peau, en voilà une jolie expression. » Je leur ai souhaité une belle journée et j'ai tourné les talons.

Suzanne de la nuit,

Que fais-tu ? Ce doit être la pleine lune. Je me lève, je me couche et ainsi de suite. Je vois des voisins au loin derrière leur baie vitrée, ils ont du monde. Une belle peinture vivante.

Tu sais, parfois, j'ai eu l'impression d'être l'intruse du tableau. Je me souviens de ce cocktail au Régine's. Tu visualises *Les Ménines* de Vélasquez ? On connaît tous cette œuvre représentant une famille de la cour royale. Au fond, il y a ce personnage qui observe la scène à la dérobée. Un chambellan qui passe par là, marque un arrêt et regarde un univers dont il se tient à l'écart : je me sentais comme lui au cœur de cette fête mondaine.

Régine sortait son album de duos *Régine's Duets* sous le même label que moi. Je chantais avec elle « Les Lumières de Belleville ». La soirée de lancement devait avoir lieu à la tour Eiffel. Le producteur avait vu grand. Puis, changement de programme, il avait été question d'un restaurant, et plus rien… un classique. Le rendez-vous était donc fixé dans sa boîte de nuit. J'ai compris en arrivant que Régine avait pris les choses en main pour que tout se passe comme elle le souhaitait. Je suis entrée dans cet antre de la vie nocturne, la reine tapotait des textos sur son téléphone. Sa femme de ménage lui tenait compagnie le temps que le Tout-Paris vienne à elle. Elle a dit : « J'espère qu'ils vont au moins payer les petits fours », en parlant du label.

Son pianiste attendait. C'était mon tour de répéter avec elle. On démarre la chanson, j'entends qu'elle se trompe, rien de grave, on poursuit. Soudain, elle stoppe net en s'exclamant très fort qu'il faut la refaire et que ce serait pas mal que je me réveille pour « en mettre une dedans». J'ai tendu la tête vers son pianiste qui m'a lancé un clin d'œil rassurant – elle faisait le coup à tout le monde. On a recommencé. Bien qu'un peu déstabilisée, ma tendresse pour cette femme dont je respectais le parcours a pris le dessus.

Les portes se sont ouvertes. Le gratin et les médias se faisaient servir à boire. Régine s'est approchée de moi et, face à une caméra, elle m'a présenté « Youri ». J'ai regardé Youri tout de fourrure vêtu, on s'est salués, éblouis par la torche du cameraman. Il y avait du mouvement autour de nous. On s'est assis sur de petits tabourets en skaï et, comme des enfants forcés par une tante un peu insistante, on a amorcé la discussion. Je hurlais pour dépasser le bruit ambiant, je déteste avoir cette voix qui part dans les hauts médiums avec d'atroces pointes d'aigus, mais je sais faire :

« Salut Youri, tu habites où ?

– New York et toi ?

– Quoi ? J'ai pas entendu !

– New York et toi ?

– Ah ! Moi, Montreuil. Brooklyn en quelque sorte ! »

J'ai prolongé avec d'autres banalités pour combler le vide. Un gouffre s'ouvrait devant moi, mes mots tapaient sur les miroirs de la boîte et se perdaient dans la foule. Pendant ce temps-là, j'énumérais tous les Youri que je pouvais connaître. Ils étaient peu nombreux. Lui aussi devait sonder sa mémoire. J'ai attendu qu'il y ait un peu de musique et de mouvement et je me suis éclipsée. N'oublie pas la règle numéro 1, Suzanne : ne jamais dire au revoir. On me l'a répété je ne sais combien de fois. Je me force, mais je n'y arrive pas.

Sur le chemin du retour, j'ai envoyé à mes amis une alerte générale pour lever le voile sur ce Youri en fourrure. Verdict, c'était… Youri Djorkaeff. J'avais passé un quart d'heure à égrener des banalités avec un des champions de la Coupe du monde de football 1998. Je riais en m'applaudissant. J'étais loin de la médaille, nous avions tous les deux zéro, match nul.

Hello Suzanne,

« Tendrement » vient d'arriver !

Décembre 2009, ce n'est pas mon anniversaire mais gros bouquet est là. Oh dis donc, c'est pour mon Noël, Suzanne, toujours mon label. Le bal, joie. Je suis comme un sapin qui clignote. Scintillons.

Madame Suzanne,

Tu connais le Printemps de Bourges. En 2010, le festival montait une création exceptionnelle avec six chanteuses de la nouvelle scène française. Souviens-toi, c'est comme ça qu'on a surnommé la génération émergente du milieu des années 2000.

Camille, Olivia Ruiz, Jeanne Cherhal, Rosemary Standley, Emily Loizeau et moi avons joué le jeu en bloquant nos plannings. En avant pour l'aventure.

Nous allions prendre le temps d'être ensemble, nous qui ne faisions que nous croiser. J'étais heureuse de faire partie de ce groupe éphémère que nous avons baptisé Les Françoises. Les journalistes s'interrogeaient déjà : allions-nous nous crêper le chignon ou pas ?

Les filles et moi avions le même désir : donner le meilleur de nous-mêmes pour rendre ce concert unique. Une somme de travail nous attendait. Du beau monde nous accompagnait : Édith Fambuena à la direction musicale, Laurence Equilbey coachait notre chant classique d'ouverture et

Juliette Deschamps mettait en scène. Exclusivement des femmes. L'énergie était très positive. Le public ne mesure pas ces temps de préparation. Ils sont beaucoup plus courts en musique qu'au théâtre ou à l'opéra. Cette fois-là, on nous donnait un peu plus de latitude, deux semaines pour être prêtes. Chacune chantait deux titres qui ne lui appartenaient pas. Nous avions fait le choix d'être autonomes et de ne pas avoir de musiciens.

C'est après cet évènement que tu es arrivée dans ma vie, toi ma consolante. Je n'en ai jamais parlé.

Je me rendais au Studio 440 à Montreuil chaque matin, le cœur joyeux pour retrouver les filles. Un jour, durant la répétition, Camille nous annonce qu'elle attend un bébé. Dans l'exaltation qui suit, Emily Loizeau s'écrie : « On est deux ! » Les autres Françoises les félicitent et dans un tourbillon d'allégresse je m'apprête à dire « Moi aussi ! », mais j'absorbe l'air de ma phrase, et je me ravise.

Il était trop tôt pour en parler. Les filles n'avaient pas atteint les trois mois réglementaires non plus mais la bonne nouvelle l'emportait. De mon côté, rien ne s'était fait simplement. Après maintes consultations et plusieurs inséminations, le test était enfin positif. J'étais un peu frustrée de ne pas partager ça avec elles, je me suis contentée de les écouter.

Le travail nous a absorbées.

J-3 avant le festival. J'étais toujours seule avec mon secret. En allant aux toilettes, j'ai vu que je perdais du sang. J'ai pensé, *ça peut arriver.* La répétition a repris, je me suis tue. Je faisais des pauses régulières pour vérifier ; le sang aussi était régulier. J'ai attendu qu'on termine et j'ai filé aux urgences. Les infirmiers ont entonné *Du courage, du courage !* Ils m'avaient reconnue. Eux ne voyaient rien d'anormal mais n'avaient pas les mêmes repères que mon médecin. J'ai suivi leurs conseils en allant consulter un spécialiste le lendemain. Il ne lui a pas fallu beaucoup de temps pour me dire que l'embryon n'avait pas survécu. Je me suis écroulée avec tous les espoirs que nous avions construits, Bob et moi. J'ai compris que nous ne serions jamais trois.

J'ai embarqué dans ma valise le traitement nécessaire pour le grand nettoyage. Le lendemain, nous étions à Bourges. J'ai essuyé mes larmes en m'accrochant au concert. Je perdais beaucoup de sang. C'était étrange mais j'étais là. Les discussions autour des bébés fusaient, je ne disais rien. Je voulais préserver la joie des futures mamans, qu'elles ne se mettent pas en tête que ça pouvait leur arriver.

Le spectacle a pris le dessus. J'avais demandé à Bob d'être présent pour ne pas me retrouver seule avec ma rivière rouge. Nous étions là l'un pour l'autre.

Je suis rentrée lessivée, pour ne pas dire vide, de ce festival, mais il m'avait certainement empêchée de sombrer.

Quelque temps après, j'ai trouvé un centre de PMA pas loin de chez moi. J'ai poursuivi quelques années sans résultat et j'ai senti que je ne pouvais pas aller plus loin. J'étais devenue un gruyère piqué aux hormones, dont le moral jouait au yoyo à chaque retour négatif. Je ne voulais pas franchir l'étape supérieure du don d'ovocytes à l'étranger, j'avais l'impression d'être un cobaye. J'ai mis un terme à ce désir de maternité.

On m'a longtemps reparlé de cette création à Bourges. Chaque fois que j'ai croisé la route d'une Françoise, je n'ai pu m'empêcher de calculer l'âge de ses enfants, mais le bonheur d'être ensemble avec Bob a primé sur tout et se poursuit quoi qu'il arrive.

Être deux, n'est-ce pas fondamental pour partager une vie ?

Tu comprends à présent ton importance, Suzanne, toi à qui je peux tout raconter. Dans ces moments-là, les nouvelles rencontres comptent, elles ouvrent d'autres horizons.

Je n'ai pas vu le temps passer mais tu es toujours avec moi. Je vais bien.

Suzette,

« Galipette », « Chouette », « Épuisette », « Mimolette », « Kikette ». Les mots en « ette » me font rire. Ils ont le pouvoir de me mettre de bonne humeur, ils adoucissent toute situation un peu bancale. J'aime la frivolité qui s'en dégage. Il existe un fort contraste entre mon insouciance et mes angoisses. Les deux cohabitent. Je ne fais pas de transition entre la légèreté et l'anxiété, ni entre mes phrases parfois. Tu l'as remarqué, peut-être ? Aujourd'hui, par exemple, je me suis levée en me demandant quand j'allais passer aux cheveux blancs. Tu pourrais m'appeler « Blanchette », comme la chèvre de Monsieur Seguin.

Cette histoire de cheveux blancs résonne dans la tête de toutes les femmes de mon âge. Si tu veux vraiment savoir, je trouve ça beau, un cheveu blanc, mais encore faut-il que ça m'aille. J'ai déjà essayé la perruque blonde, ça me donne l'air d'un épouvantail. Tu me vois les cheveux blancs avec mes gros sourcils bruns ? J'aurais dû conserver les pionniers, ceux qui se sont pointés sur mon crâne dès la trentaine, mais je m'amusais avec les couleurs, j'aimais bien le noir corbeau.

Figure-toi que j'adore couper les cheveux. C'est comme sculpter. Je ne m'en prive pas, je prends régulièrement les ciseaux pour ma frange. J'ai ma clientèle, ma chère : mon mari, mes parents et quelques amies. Je n'ai pas peur, j'y vais franco. J'ai beaucoup observé les coiffeurs. J'ai failli m'inscrire à un stage pour apprendre les bases, pour le plaisir. Je pense souvent à quoi je pourrais consacrer mes journées si je changeais de métier. Je ne trouve rien de plus fort que chanter. C'est ma vie, celle que j'ai choisie.

Quand je veux que mon mari bisque (oui, on dit *bisquer* dans le Sud), je lui lance que je vais monter une baraque à frites au bord de la mer. Ça le rend dingue. Je suis trop sensible aux odeurs, le gras c'est peut-être pas pour moi et le soleil me colle des lucites. Ça me gratouille, ça me chatouille, comme faisait rimer Annie Cordy dans « La Bonne du curé ».

Ah Suzanne, les terminaisons en *ouille* me détendent aussi. Je les avais oubliées, celles-là. J'ai commencé avec les mots en « ette », je finis avec ceux en « ouille » : gazouille, grisouille, coucouille…

Suzanne du matin,

J'étais seule, je ne savais pas où j'étais, je ne distinguais pas mes formes, mais j'étais là, comme toujours, comme un précipice, comme un puits noir sans fond, au milieu du silence. Je me sentais basculer, poussée par le vent, remuée dans un désert sans bords, sans dunes. Je ne voyais plus l'équilibre du poirier, celui que je faisais enfant, celui que je souhaitais retrouver, celui qui me rassurait, ma petite lumière. Il faisait sombre, trop sombre. Il y a eu ce moment où j'ai essayé de trouver une paroi où m'accrocher et je me suis réveillée en sursaut. Le vertige. Je me suis levée et j'ai longé les murs que je tâtais avec mes mains jusqu'à la salle de bains. Je voulais être sûre de retrouver tous les contours de la vie.

Chère Icône,

Oui, certains jours tu es indétrônable.

En France, la référence ultime de notre patrimoine, c'est Barbara. À juste titre d'ailleurs, car elle a écrit de belles chansons en plus d'être très charismatique. Peu de gens ont eu droit à autant d'hommages. Du public ou des médias, je ne sais pas lequel des deux est le plus exclusif. Lors de mes voyages à l'étranger, j'ai aussi souvent entendu la voix de Françoise Hardy, un autre bel emblème. Edith Piaf est estampillée « la voix française » dans le monde. Son timbre m'a toujours effrayée malgré ses bonnes chansons. On ne peut rien à ce que provoque en nous une voix. Celles que j'aime sont peu performantes, ne minaudent pas, elles demeurent droites, aérées, c'est ainsi qu'elles me donnent le frisson.

Reprendre des icônes n'est jamais simple.

En 2007, Valérie Lehoux, journaliste chanson de *Télérama*, me lançait une invitation pour une conférence aux Francofolies de La Rochelle. Elle voulait que j'interprète quelques titres de Barbara pour raconter son parcours. Sa proposition me touchait, mais je lui ai demandé un temps de réflexion.

Dans ma famille, Barbara était vénérée par ma tante. Je ne l'ai vraiment écoutée que bien plus tard, lorsque j'étais étudiante. Elle avait une expression très mystérieuse qui m'attirait. Puis j'ai eu la chance de la voir à Mogador, en 1990. Son entrée sur scène était fracassante, elle se déployait avec la légèreté et la grâce d'un insecte, et captivait la salle qui connaissait chaque parole sur le bout des doigts.

Je ne savais pas comment reprendre le répertoire de cette grande dame. Je ne pouvais envisager qu'une possibilité : marquer nos différences et faire voyager sa musique dans mon époque. Si elle était au piano, j'étais à la guitare ; alors que « Dis, quand reviendras-tu ? » était en ternaire, je le jouais en binaire. J'ai donc répondu « Oui » à Valérie et tous les jours, pendant un mois, j'ai cherché ma place dans chaque chanson. J'appréhendais de passer devant ses fans, communauté très active dès qu'il y a un hommage. J'avais retenu six morceaux : « Dis, quand reviendras-tu ? », « Göttingen », « Marienbad », « Du bout des lèvres », « Elle vendait des p'tits gâteaux[1] » et « Ce matin-là ». Ce jour-là, j'ai obtenu mon diplôme, validée par les applaudissements des admirateurs de cette icône.

1. Reprise de Jean Bertet et Vincent Scotto qu'aimait chanter Barbara.

Suzanne de 16 h 50,

Je suis dans le métro.

Une phrase pour te dire que la seule performance qui me bouleverse est la vieillesse.

À demain

Jolie Suzanne,

Je suis rentrée, et toi ? Une rentrée, c'est toujours un au revoir, au calme ou à l'été par exemple, on redémarre.

Je prends mes marques là où je me pose. J'appelle mes parents chaque jour, ou presque, c'est important pour moi de garder ce lien avec eux. Je les aime tant. On n'est pas d'accord parfois mais ce sont mes rayons de soleil. Je téléphone encore à ma mère pour un accord de participe passé. Elle est incollable. Moi qui me disais que je réviserais quand j'aurais des enfants !

Étourdie, j'oublie certaines règles de grammaire, de conjugaison. Je sais de qui je tiens ! Chaque jour me le rappelle, je suis imprégnée de mon éducation ainsi que des choses qui échappent à mes parents. Par exemple du côté de mon père, l'heure c'est l'heure, on ne se pointe pas en retard. Pour mon grand-père colonel, il ne pouvait pas en être autrement. Je suis toujours ponctuelle, d'ailleurs quand je ne le suis pas ça inquiète.

Mes parents ont de l'énergie à revendre. Je les appelle mes orangs-outans, ils se nourrissent de fruits et légumes crus. Ils ne fonctionnent pas comme tout le monde. Je suis la fusion de ces deux êtres. Dire que ma mère allait avoir 20 ans et mon père 22 quand ils m'ont eue ! À leur âge, je ne pensais absolument pas à avoir d'enfant.

Coucou !

« Tendrement » du 18 juillet 2012 vient d'arriver.
J'ai 43 ans, Suzanne, le bouquet a maigri.
Valsons.

La bise

Chère Suzanne du lundi,

Tu me connais, je suis gourmande, mais je n'aime pas le concombre. C'est fade, ça n'a pas de goût.

J'ai changé d'avis ce week-end grâce au *smashed cucumber*. C'est une recette qui vient d'Asie avec du vinaigre de riz, de la sauce soja, de l'huile de sésame, de l'ail et un peu de piment. J'ai adoré, tu devrais essayer. Ce genre d'expérience me donne confiance en l'avenir, ces détails signifient que rien n'est figé, on peut évoluer, ça dépend du moment et de notre entourage.

Parler cuisine m'évoque ma Victoire de la musique reçue en 2013 dans la catégorie Meilleur album. Cette année-là, j'étais aussi nommée en Artiste et en Scène. Dans ces moments, tu débarques avec tes espoirs et tes rêves dans le même bateau. Ce qui te paraissait inatteignable te semble possible une seconde et s'écroule l'instant d'après. C'est un mélange d'euphorie joyeuse qui devient un sommet infranchissable.

La soirée a démarré avec cette intensité au fond de moi. Les premiers résultats sont tombés. Lou Doillon a emporté la Victoire Artiste, j'ai jeté mon mémo avec les remerciements. Pour la Scène c'était plié aussi car je ne faisais pas une tournée de Zéniths. Enfin, j'avais des buildings autour de moi pour le Meilleur album : Françoise Hardy et Benjamin Biolay.

Ils ont annoncé le vainqueur : *La Place du fantôme*. J'ai avancé comme un automate jusqu'au micro, j'ai pris la parole et puis plus rien, plus rien n'est sorti de ma bouche.

Au milieu des récompenses se greffent des souvenirs qui brouillent parfois les plaisirs.

Ma première Victoire de la musique en Révélation scène m'avait fait l'effet d'un coup de massue, la deuxième m'a posée sur un nuage de courte durée. J'ai poursuivi ma tournée aussitôt et, côté médias, ça n'a pas déclenché des avalanches d'articles.

Le Graal pour mon label a été d'obtenir les fiches cuisine du magazine *Elle*. Quand ils m'ont annoncé leur trophée, j'ai fait mine de m'accorder à leur joie qui me ramenait finalement à mon Kitchen style. J'ai joué le jeu et j'ai remis ma recette, un gâteau charentais, le Millasson, celui de ma tante Jacqueline. On m'a glissé au passage que son prénom faisait un peu vieillot. J'ai tenu bon, Jacqueline est restée Jacqueline. Derrière chaque moment de gloire se cachent des scènes loufoques.

Je te livre les ingrédients de ce dessert familial :

*Recette du Millasson de tante Jacqueline*

*– 6 œufs*
*– 150 g de sucre*
*– 130 g de farine*
*– 1 l de lait entier*
*– 2 sachets de sucre vanillé*
*– 2 cuillère à soupe de cognac*
*– 1 noix de beurre*
*– 1 pincée de sel*

*1. Allumez le four à 180 °C (th. 6), cassez les œufs en séparant les blancs des jaunes.*

*2. Mélangez les jaunes avec le sucre et le sucre vanillé, le sel et la farine, et incorporez peu à peu le lait. Ajoutez le cognac.*

*3. Battez les blancs d'œufs en neige très ferme et incorporez-les à la préparation.*

*4. Beurrez un grand plat de votre choix, versez la pâte. Glissez le tout au four pendant 45 minutes environ. Il doit être sec quand on plante le couteau dedans.*

*Laissez refroidir.*

*Bonne dégustation.*

P.-S. Tu as dans cette lettre deux recettes : le *smashed cucumber* et le Millasson. Tu m'en diras des nouvelles.

Suzie du jour,

Alors, c'était bon ? Tu t'es régalée ? N'oublie pas que je faisais de la Kitchen Miousic. Là, c'est différent, je te parle de changement, d'époque. À présent, dans les rayons des magasins, les albums sont remplacés par des robots ménagers. Les chanteurs donnent des recettes de cuisine sur leurs réseaux sociaux. Le rouleau à pâtisserie supplante la guitare tandis que le storytelling, lui est la superstar. Dès que j'ai mis les pieds dans le milieu du disque, on m'a dit que le secteur était en crise – depuis que je suis née, j'entends dire « C'est la crise » !

Alors oui, les chanteurs rédigent des livres, moi je t'adresse des lettres, chère Suzanne, des mails, j'appartiens à mon époque autant que ces fronts lisses sur lesquels j'aurais peur de glisser, autant que ces bouches prêtes à exploser. Ce sont d'autres manières d'écrire son histoire.

Je suis comme ma mère qui s'évertue à envoyer des cartes postales pour les anniversaires, le Nouvel An ou les vacances. Elle ne reçoit pas toujours de réponse mais elle recommence. Elle râle, moi aussi. On est pareilles. Je n'attends rien en retour mais je t'écris quand même. Même si tu gardes le silence, ces moments sont un privilège pour me poser. Pourquoi ? Certainement pour laisser une trace, à l'image de l'escargot qui bave en passant. Une tache d'encre qui demeurera enfermée dans ton ordinateur, et dans un data center.

Une saison de bises

Chère Suzanne,

Avec un nom pareil, avec un nom pareil… Catherine Deneuve m'a répété cette phrase en boucle, cette nuit. Sa voix était un rêve, ses mots un cauchemar.

Ça m'a ramené à l'année où ma maison de disques m'a suggéré de changer de nom, juste avant mon album *La Place du fantôme*. C'est comme si on m'avait demandé de plier le jeu pour repartir à zéro.

Suzanna,

La notoriété est une fée qui a fait rejaillir du jour au lendemain ma marraine. Elle avait disparu alors que j'étais enfant. Ma mère avait lancé des recherches, en vain. Elle devait porter à présent le nom de son mari. Un jour, je reçois un message sur Twitter. Odyle était réapparue. La magie du petit écran ! La notoriété est une sorcière qui te sert son bouillon de revenants. Elle ne se prive jamais de rajouter quelques épices dans tes relations.

Suzanne de mon cœur,

Chaque fois que j'entends « mine de rien » dans une phrase, je pense « mine de crayon ».

Suzanne de 14 heures,

Je vois une cloque transparente dans mon œil, elle s'approche de l'iris. J'en ai informé mon ophtalmo ce matin. J'attends son retour. Cette fois, ce n'est pas l'appendicite qui m'inquiète.

Une année, j'ai constaté une grosseur sur mon nez. Un reflet, une ombre, une nouveauté qui m'avait échappé. Quand quelque chose m'échappe et que je le remarque, ça prend des proportions considérables. Là, j'étais chez le coiffeur, j'approchais mon visage du miroir, et j'ai distingué cette forme inconnue. Tout était délimité comme une frontière, la face droite était colonisée par la maladie. Je n'écoutais plus ce qui se passait autour de moi, mon nez était devenu mon obsession.

J'en ai parlé le soir même à mon mari, qui s'est penché sur le sujet. Il m'a examinée en souriant et m'a dit : « En effet. »

J'en ai fait part à ma mère au téléphone. Mes descriptions ne correspondaient pas à ce qu'elle savait des cancers du nez. Puis, quand nous nous sommes retrouvées, je lui ai montré en insistant : « Regarde, tu la vois l'auréole, regarde, là, elle est là ! » Elle s'est rendue à l'évidence : « C'est pas faux, il y a une auréole. Va consulter un dermato. »

Le médecin m'a fait m'allonger et a scruté mon nez. Son silence me pesait. C'est grave ? Je retenais ma respiration en attendant son verdict : rien, elle n'observait rien. Strictement rien. Comment ça, rien ? En était-elle sûre ? Deux personnes avaient vu cette bizarrerie tout comme moi.

En sortant, je suis allée aux toilettes me débarrasser de mon stress. Face à la glace, je n'ai pu m'empêcher de jeter un œil à mon nez en me répétant que je n'étais pas folle. L'auréole était bien là. Sans réfléchir, j'ai retapé à la porte du cabinet. « C'est encore moi, je voulais réentendre votre diagnostic. Vous confirmez que tout va bien ? »

Elle m'a rassurée. Je suis restée quelques instants devant la porte cochère. J'ai inspecté mon nez une dernière fois et j'ai rangé mon miroir dans ma poche comme cette histoire d'hypocondriaque. J'ai fini par oublier.

Pendant que je t'écrivais cette parenthèse, mon ophtalmo m'a rappelée, la cloque va partir toute seule, rien de méchant.

Suzanne de l'aube,

Ce matin, ma boîte mail est vide, mon téléphone n'a pas sonné, je ne reçois que des pubs pour seniors plus horribles les unes que les autres. C'est flippant, tu ne penses pas ? Tu me manques.

Quand j'étais enfant, je courais pour décrocher le combiné et toute la famille voulait l'écouteur. Depuis que le nom s'affiche sur nos cadrans, le monde est devenu sélectif et nos téléphones ont des oreilles.

J'attends tes mots avec impatience.

Suzanne de toujours,

Oui, je sais, je te parle de moi, ma vie. Habituellement j'écoute les autres, pour une fois ça change. Je m'étale dans ton ordinateur, ça fait du bien. Je n'embête personne sauf toi. Peut-être effaces-tu mes messages ? Peut-être que tu ne les lis plus ? Peut-être que tu aimes ces histoires et peut-être suis-je ta série ? Je te dis ça mais je ne sais même pas si j'ai envie de t'envoyer ces quelques lignes. C'est mon humeur du jour, j'ai au moins pris ce temps-là. Je t'écris pendant que mon dessert coco-tapioca-banane est sur le feu. Il vient de déborder. Comme moi dans ta boîte mail.

Suzanne de ce matin,

Voici du son, c'est ma nouvelle mini chanson.

J'ai une guitare dans chaque pièce de la maison, à portée de main. Si je ne les touche pas pendant des jours, je m'en empare comme une béquille au moment voulu. Cet instrument m'accapare et me détend. Aujourd'hui, ce bout de bois fidèle mérite bien une ode que je te joins :

*Ma guitare, mon âme,*
*Mon amie, ma femme*
*Je te tiens là, à mon cou,*
*Je te balade partout*
*Ma guitare, mon âme*
*J'ai appris sans gammes*
*Tu m'as donné rendez-vous*
*De mon enfance à aujourd'hui*
*Encore besoin de toi pour dire les choses*
*Dans ma vie même si je ne suis pas virtuose*

*Un morceau de bois avec une voix*
*Ma guitare, ma dame*

Si tu as envie de la jouer, enchaîne ces accords :
C F C F Dm G Dm G

Chère toi,

Un sentiment étrange monte en moi, je ne sais pas trop comment l'exprimer, surtout ne le prends pas mal.

Je t'écris trop, tous les jours, Suzanne, cette addiction me dérange. Tu es comme le sucre dont j'ai besoin, tu occupes beaucoup de place, tu me prives de cette liberté qu'est le temps. Des heures à t'envoyer ces mots, à être sur mon écran, à taper de plus en plus vite, à sonder le fond de ma cervelle pour ne rien oublier, te distraire, me délester. La vie est là, elle m'entoure et je veux l'observer et la croquer sans m'enfermer dans cette solitude. J'ai conscience que cette relation devient exclusive. Par choix, certes, mais j'ai l'impression que je creuse un silence autour de moi. Je vais devoir réduire cette dépendance comme on réduit des anxiolytiques, progressivement. Je ne t'abandonne pas. J'espère que tu comprends. Pourvu que je ne souffre pas du manque.

P.-S. Au fait, hier au petit matin, j'ai rêvé que je faisais un duo avec Catherine Deneuve. Enfin, je le croyais, en plus je la tutoyais, ça m'a réveillée, on se disait ça :

Moi : Viens faire un duo avec moi (Em C)
C : Pourquoi un duo avec moi ? On ne se connaît pas.
Moi : Viens faire un duo avec moi.
C : Pourquoi un duo avec moi ? On ne se connaît pas.
Moi :

*Pour la beauté (Am)*
*La bonne humeur*
*Pour être ensemble (Em)*
*Juste un quart d'heure*
*Pour la musique (Am)*
*Faire connaissance*
*Ça a du sens*

C'était bizarre, ce n'était pas sa voix, c'était celle de quelqu'un d'autre que j'ai tout de suite reconnu. Philippe Katerine, le chanteur. C'était drôle. Ce genre de scènes devraient se produire plus souvent. Avoir des invités inédits dans ses rêves, c'est fabuleux. Ensuite, on s'est parlé.

Moi : Katerine ? Katerine !
K : Oui je suis là.
Moi : Mais qu'est-ce que tu fais dans mon rêve ?
K : J'ai entendu Catherine, je suis venu.
Moi : Ah oui, c'est vrai, toi aussi tu es Katerine.
K : On est bien, dans ton rêve.
Moi : Oui, on est bien, et puis je t'aime bien.

Suzanne d'un ciel nuageux,

Encore moi, je sais, 18 juillet 2014.

« Tendrement » n'est pas encore là. Je l'attends. J'ai 45 ans, Suzanne.

Psst.

J'ai attendu la journée entière, « Tendrement » ne viendra plus.

Tristement…

Tanguons.

Suzanne,

Une semaine que je ne t'ai pas écrit et je mets des émoticônes partout. Même sur mes cartes postales, avec un vrai stylo, j'ai envie de rajouter des smileys. Je me sens comme ces personnes qui miment des guillemets quand elles parlent. Je suis victime des réseaux sociaux, de tous ces codes.

J'ai plus de followers que d'amis dans la vie, du coup si je devais répondre et satisfaire tout le monde, je ne m'en sortirais pas.

Mais quand des proches répondent par une flamme ou un cœur, il m'arrive de ressentir une pointe de déception. Je prends ça pour un manque d'investissement. J'essaie alors de faire l'effort de construire une phrase, mais en fin de compte je suis comme eux, je réagis en miroir pour gagner quelques secondes.

Et puis comment choisir le bon émoticône ? Mon préféré est le larmoyant, tu sais, celui qui a l'œil qui brille et retient sa peine.

Au fond, j'ai l'impression de retourner au collège, est-ce que tu te souviens de ce rituel de fin d'année ? On faisait tourner les agendas pour se laisser des mots et se dire combien on s'appréciait : « Tu es une fille super, canon, j'adore passer du temps avec toi, je te trouve géniale, j'espère que l'année prochaine on se retrouvera dans la même classe, ce serait over-méga-coolos. » On ajoutait des « os » partout qui depuis longtemps font hyper ringardos. Alors feu-baiser-cœur-œil qui larmoie sur toi et certainement qu'en 2040 le moindre smiley sera à proscrire.

😘❤️

Suzanne, Suzanne,

J'ai lu cette phrase de Nick Cave : « Plus tu vieillis, plus tu deviens invisible. »

Trois solutions :

– Jouer à Fantomas ;

– Trouver une autre passion ;

– Devenir un bulldozer.

J'ai choisi, et toi ?

Suzanne de midi pile,

Deux semaines sans t'envoyer de mail.

Je ne sais absolument pas quoi mettre, aide-moi, j'ai une interview filmée demain. Une émission télé me vaut une nuit blanche. J'envisage toujours le pire. Je place la barre plus haut que moi.

Il faudrait peut-être que j'aie des vêtements en carton qui se clipsent sur les épaules. À mes débuts, ma blouse de cuisine en nylon était confortable mais je pense que je devais plus ressembler à Zouc qu'à une chanteuse et je n'étais pas spécialement comique. Ça n'a pas duré, seulement un temps, après je suis passée à la combinaison de nuit que j'achetais en friperie, puis ce fut le costard.

À présent, tout est filmé, même à la radio, c'est pareil. Tu n'as plus le droit d'être moche ou mal attifée. Ça a commencé dans les années 2000, on te demandait ton avis et tu avais le choix. Maintenant, ton opinion on s'en tape. Tu as intérêt à arborer ton plus beau sourire.

Je savais bien qu'un jour ou l'autre, ce qui hantait mes

nuits prendrait forme, mais j'ignorais quand. J'ai fait les choses en grand, sur une éminente antenne radio. C'était pour un programme d'humour en milieu d'après-midi. L'équipe était aux petits soins. On m'avait donné le thème de l'émission : la déradicalisation. DÉ-RA-DI-CA-LI-SA-TION. Je n'arrivais jamais au bout du mot. Une impression de dyslexie montait en moi. L'émission a démarré dans une ambiance détendue et conviviale. On était en direct. À un moment, quelqu'un a lancé : « Et vous, La Grande Sophie, la déradicalisation, vous avez quelque chose à en dire ? » Mon regard s'est figé, mon corps entier s'est paralysé, je n'entendais plus, tout était brouillé. Seule une voix dans ma tête criait : *Pars, lève-toi et cours dans le couloir le plus vite possible, ne reviens jamais, cours, cours…*

Dans mon bug j'ai tout de même perçu : « Sophie, tout va bien ? »

J'ai repris mes esprits. Les plus longues secondes de ma vie d'interviewée. L'émission s'est terminée, je suis rentrée à la maison sans tarder.

J'ai recroisé le journaliste bien après. Peut-être suis-je sur une liste rouge ? La radio n'aime pas les silences.

Je t'embrasse autant de fois qu'il le faut.

Suzanne, ma chère,

Tu ne me vois pas mais, fidèle, je t'écris. Ma dernière lettre a dix-sept jours déjà. C'est mieux. Je suis à la table de ma cuisine. Pas coiffée mais toujours parfumée. J'ai un grand sweat-shirt et un jean. C'est plus tranquille que la chanson, rédiger des lettres, pas la peine d'être apprêtée. En revanche, c'est l'extrême solitude mais j'ai fini par comprendre que cet état me convient.

J'ai conscience que l'écrivain fait de longues traversées, seul d'un continent à un autre, sans s'arrêter, avec une idée fixe, rejoindre la rive opposée et poser son point final. Chacun sa particularité, dans la chanson, le texte plus concis doit s'accorder avec chaque élément : la mélodie, les arrangements, le rythme, le timbre de la voix et la personnalité. Je tiens compte de tous ces ingrédients pour former un ensemble.

La première fois que j'ai vu Delphine de Vigan, je n'ai pas pu m'empêcher de me demander où résidaient chacun de ses romans dans son corps, quelles traces ils avaient laissés. Tant de mots, tant d'histoires, comment faisait-elle pour structurer ses textes ainsi ? Oui, comment ? Je ne connaissais pas d'écrivain avant de rencontrer Delphine, les questions déboulaient dans ma tête. Je l'ai regardée, curieuse.

Je revenais du Vietnam où notre programme avait été chamboulé. Mon équipe et moi sommes arrivés au milieu d'un pays en deuil, le général Giáp venait de mourir. Notre concert prévu dans le stade a été annulé, nous avons pu jouer à l'Institut français d'Hanoï. Au bout du compte, il y a eu un typhon. Mon retour en France m'a précipitée dans l'écriture de ma chanson « Hanoï » pour ne rien oublier. Un mail a capté mon attention. Delphine de Vigan souhaitait m'inviter à un festival littéraire à Nevers. Chaque auteur allait partager la scène et faire une lecture musicale, avec un artiste de son choix.

J'avais lu *Rien ne s'oppose à la nuit*. J'avais été attirée par la couverture. L'histoire de ce livre m'avait marquée tout comme la mémoire qu'il contient, ainsi que le travail phénoménal de recherche, d'archives familiales. Je l'avais aussitôt offert à ma mère. Nous allions nous rencontrer, Delphine et moi. Le programmateur du festival nous a conviées dans un café.

C'était l'hiver, je suis arrivée emmitouflée dans une écharpe avec un bonnet sur la tête, elle aussi. Elle était grande, blonde, cheveux frisés. On était toutes les deux dans la retenue. Je n'osais pas aller sur des terrains absurdes pour détendre l'atmosphère car la littérature fait plus sérieux que la musique. Tu ne déconnes pas avec un écrivain, avec une chanteuse, oui. Du moins c'est ce que je croyais.

Elle avait écouté mes albums en compagnie de ses enfants. Je me suis dit : *Calme ta joie !* comme toujours dans ces cas-là. Je ne soupçonnais pas encore que cette fille de ma génération allait me faire rire et devenir une amie.

Nous avons décidé de nous revoir et de préparer notre représentation en tandem. Je me sentais bien à ses côtés, nos rendez-vous hebdomadaires frôlaient l'addiction et mes plaisanteries absurdes sont revenues au galop.

Moi qui étais convaincue qu'à plus de 40 ans les cercles d'amis ne s'élargissaient plus, Delphine m'a prouvé le contraire. J'ai dévoré ses autres livres. Quand on se retrouvait je percevais chaque page de son œuvre en elle. Elle était incollable, comme si elle les connaissait par cœur, un peu comme on connaît une chanson. Je la voyais en cheffe d'orchestre de son imagination, capable de s'infiltrer dans la tête de tous ses personnages et leur donner la réplique sur le papier.

J'avais convaincu Delphine de ne pas nous contenter d'une seule répétition, il nous fallait préparer ça comme il se doit, même s'il s'agissait d'une représentation unique. Comme d'habitude, j'envisageais tout en grand.

Nous commencions par un thé, nos vies, puis Delphine découpait ses textes et je faisais écho avec mon répertoire. Je mettais en musique sa lecture et, vu son amour pour la chanson, je me suis mis en tête de l'entendre chanter.

Au début l'idée l'effrayait, mais un personnage au fond d'elle avait envie de tenter l'aventure. J'ai tout mis en place pour lui donner confiance. Nous avons partagé mon titre « Ringo Starr » en duo et je lisais à mon tour des passages de ses livres sur scène. L'échange était parfait comme dans un film de Jacques Demy. La blonde, la brune ; la brune, la blonde. Delphine avait toujours des histoires incroyables et l'art de me les livrer.

C'est en découvrant *Jours sans faim*, son tout premier roman, que les mots de ma chanson « Je n'ai rien vu venir » sont venus. Je lui avais réservé une surprise. Je n'en menais pas bien large, nous étions dans mon perchoir, mon antre, là où je travaille, assises face à face. Je lui ai dit que j'avais quelque chose pour elle qui pourrait coller avec le passage du livre. Pas facile de parler d'anorexie, je n'aurais pas su lui dire que je l'avais comprise autrement qu'en chanson. Je fixais mes baskets, elle serrait fort ses mains, on évitait que nos regards se croisent. Nous sommes finalement retournées boire un thé pour ne pas nous laisser envahir par l'émotion. La trame de notre lecture musicale prenait forme de semaine en semaine. Nous avions choisi de l'appeler *L'Une et l'Autre*.

La première approchait. Je devais maîtriser mon corps immobile, c'était nouveau pour moi, à l'écoute dans la lumière, j'avais toujours un geste qui venait contrarier le silence. J'ai appris énormément de cette manière d'aborder la scène. Delphine savourait chaque instant et j'avoue que, à part le trac qu'on chassait, elle m'épatait.

Ce tandem à Nevers fut magique. Le public a été si ému que nous ne pouvions en rester là. J'avais réussi ma mission de faire aimer le live à Delphine. Il a suffi d'un regard entre nous pour comprendre que nous avions toutes les deux envie de continuer. Éric Soyer, le scénographe, nous a rejointes pour faire la création lumière et nous diriger. Notre spectacle a pris une nouvelle dimension. C'est ainsi que *L'Une et l'Autre* a poursuivi son chemin sur cinquante représentations. Au cours de nos voyages, nous avons connu des fous rires, des larmes, des changements de gare, des hôtels, le Québec, des jours où je ne me suis pas réveillée. Nous avons partagé des loges, nos humeurs, des confidences, nos impressions, notre maquillage, nos tenues, des interviews, et je faisais des vidéos à tout bout de champ qui la faisaient râler. Nous étions devenues, nous aussi, des inséparables.

Sophie devant son café

Chère Susu,

18 juillet 2016. J'ai 47 ans, Suzanne.

« Tendrement » absent depuis deux ans.

Vingt-quatre jours sans t'écrire.

J'encadre joyeusement tous les « Tendrement » collectés sur la période de mes quatre disques d'or. Tu vois, Suzanne, la position d'un artiste fait le poids du bouquet.

Hanoï me manque, Suzanne, j'aimerais tellement retourner chanter au Vietnam. En attendant je joue sans cesse ces accords. Le plaisir d'interpréter cette chanson ne s'éteint pas.

Les voici, pour meubler le silence que j'ai laissé dans ta boîte.

Capo 5 : Am Em C G Dm Am E F

*Autour du lac j'entends comme*
*Des bruits qui résonnent*
*Des vagues de motos*

*Quelle est cette autre personne*
*Ton cœur qui klaxonne*
*Sous ton regard accroupi*

Suz-anni,

Je ne suis pas la reine des anniversaires, surtout lorsqu'il s'agit de célébrer des albums, pas la reine des réceptions non plus, elles sont assez rares ou en petit comité. Je suis une très mauvaise marraine aussi soit dit en passant, mais je préviens toujours les parents, ils savent à quoi s'en tenir, c'est quand ça me chante, j'envoie de temps en temps un cadeau. Nous n'avons pas fêté notre mariage non plus, nous n'étions que Bob et moi, avec nos deux voisins, nos témoins, sans chichis, à la mairie le matin, au boulot l'après-midi.

Malgré tout ça, j'ai voulu célébrer nos 50 ans et par la même occasion nos trente ans d'amour. Je voulais une grande et belle fête à la maison. J'avais demandé à ce que chacun apporte un dessin de Bob et moi, inspiré par une photo de nos 20 ans que je leur avais envoyée. Des faits main que j'ai réunis et encadrés. Je peux te dire que tous ceux qui étaient présents ce soir-là s'en souviennent. Ce fut une nuit intense.

La fête fut beaucoup plus belle que d'entrer dans la moitié de mon siècle. Je finis par m'y faire. Oui, je te jure que c'est vrai. J'y pense, « Tendrement », comme dirait l'autre.

Un plateau de bises

Suzanne d'un jour de vent,

J'ai laissé passer autant de temps que j'ai pu sans toi.

Quelques mots sur une journée calme.

Je me suis prélassée une bonne heure aujourd'hui. J'ai cette capacité désarmante. J'observe chaque bruit de la maison, je suis attentive au silence. Le silence absolu est rare, il y a toujours un son, une ventilation, un moteur de frigo, le vent dans les rideaux, le vol d'un insecte. La porte qui tape est agaçante, irritante mais addictive, dans le sens où ta paresse s'y fait et va même jusqu'à espérer que le battant comprenne et s'arrête de battre seul. Parfois le courant d'air violent résout le problème en deux secondes : vlan ! Silence.

Je te joins une chanson restée dans mon ordinateur. Tu me diras si tu arrives à te reconnaître. Elle s'appelle « La Paresse ».

*J'en prendrais bien encore un peu*
*De ces moments vides et précieux*

*Où le temps reste assis sur le bord d'une épaule*
*Où je me laisse aller à écouter les oiseaux*
*J'en voudrais bien encore un peu*
*En goutte-à-goutte en camaïeu*
*Regarder loin aller se perdre dans les nuages*
*Abandonner l'idée de retrouver la raison*
*La paresse me va bien*
*Je freine et rien ne me presse*
*Je me sens bien*
*La paresse je l'adore*
*Collier de strass sans le stress*
*Mon réconfort*
*Sans état d'âme en perfusion*
*J'en ferais mon pôle d'attraction*
*Des jours où le sablier retient l'avalanche*
*La semaine vient de s'écouler comme un dimanche*
*J'en prendrais bien encore une fois*
*À la légère et sans le poids*
*Des remords quand ils s'accumulent sous l'édredon*
*Pourquoi devrais-je dans cet état demander pardon*
*La paresse me va bien*
*Je freine et rien ne me presse*
*Je me sens bien*
*La paresse je l'adore*
*Collier de strass sans le stress*

*Mon réconfort*
*J'en voudrais bien encore un zeste*
*À l'heure où tout m'est indigeste*
*J'irai compter et recompter chaque saison*
*J'entretiendrai comme il se doit la passion*
*La paresse me va bien*
*La paresse*

Suzanne d'un jeudi,

Mon label m'a parlé de TikTok. L'équipe m'a fait : « Vu ce que tu postes et comment tu t'exprimes, tu devrais ouvrir un compte. » Je les ai écoutés m'expliquer puis j'ai ajouté : « Mais vous êtes sûrs que ça fait partie de mon vocabulaire ? Chaque réseau a son ton et ses codes, vous pensez que je peux communiquer de la sorte ? Pouvez-vous me donner un exemple de personne de ma génération qui utilise TikTok ? » Ils m'ont répondu : « Dalida ! On a créé son compte et ça a cartonné. »

J'ai sans doute eu l'air hagard, j'ai répliqué : « Mais Dalida est une icône et je ne suis pas morte ? » J'ai senti que je devais faire des efforts pour ne pas démobiliser les troupes. Ils m'ont donc créé mon compte TikTok. Un élément en plus à gérer !

Avec la meilleure volonté, j'ai effectué mes essais. Dès que j'ouvrais l'appli, j'étais horrifiée par ce que je voyais, un défilé d'images sans discontinuer, sans que je puisse contrôler quoi que ce soit à part éteindre. Je ne percevais plus que des formes colorées qui s'agitaient sans interruption avec des sons qui agaçaient mes tympans.

Mon premier post fut un bide total, je jouais une saynète où j'étais au téléphone et tous ceux que j'essayais de joindre étaient en réunion. Une parodie de mon quotidien. Alors ne sachant plus quoi poster, j'ai traversé mon couloir en me filmant avec une taie d'oreiller sur la tête. Et, chose incroyable, j'ai fait péter mon score ! Une sorte de baptême d'admission. Je ne voulais plus sortir de cette taie, je préférais m'endormir et oublier.

Bise,

Sophie dépitée

Suzanne,

Hâte ou *Hate* en anglais ?
Je choisis hâte, je ne sais pas détester.

P.-S. Oui, je t'ai déjà envoyé un mot hier, ce n'est pas vraiment en accord avec ce que je t'avais dit, tant pis.

Bonsoir Suzanne,

Il est arrivé dans le grand café dans le Hall de la gare. Il ne pouvait pas faire autrement que de tomber sur moi. Ça fait un bail qu'on se connaît, une éternité qu'on ne s'est pas vus. Il s'est assis en face de ma chaise, j'ai pris de ses nouvelles. Comme les autres chroniqueurs, il avait reçu mon album, qui allait sortir dans quelques mois. Il a lancé une phrase, juste une : « Alors c'est parti pour une nouvelle aventure ? ! » Des mots standards, qui donnent une contenance. Il a enchaîné sur d'autres artistes, les saupoudrait d'éloges avec passion. Il avait tellement de choses à dire que son café a refroidi, et moi avec.

Je t'embrasse chaleureusement.

Chère,

J'ai craqué, me revoilà, trois jours après mon précédent courrier.

Je t'envoie un poème, j'essaie d'embellir la laideur. Il ne t'est pas adressé, je te connais attentionnée. Je pense à ces personnes indélicates que je croise. Il m'arrive de les éviter mais, quand c'est impossible, je les regarde comme une documentaliste qui archive. Souvent les gens vous blessent sans s'en rendre compte. Je les écoute, je veux savoir jusqu'où ils vont, je ne les envie jamais. La laideur est partout, il faut la transformer et vite passer à autre chose.

*La délicatesse,*
*De tes belles promesses*
*je m'en fais des tresses,*
*Tes paroles drapées*
*des sachets de thé*
*De ta langue qui claque*
*je m'en fais des sacs*

*là sur ton palais*
*Où tu crois régner*
*Pâle politesse*
*qui vient me flatter*
*La délicatesse*
*n'a pas de bouquet*
*Pâles espérances*
*que j'ai vues sécher*
*La délicatesse*
*Où l'as-tu cachée ?*

Suzan·ne,

Tu as certainement remarqué que je n'ai pas essayé d'employer l'écriture inclusive. Certaines fois, ça me simplifie la vie car c'est plus court. « Toustes » au lieu de « toutes et tous », on gagne du temps, mais je trouve ça moche, ça m'évoque « tourte ». Pour être honnête avec toi, souvent, j'ignore comment l'utiliser et je n'ai pas la patience de chercher, je devrais m'informer. Je ne sais pas bien comment la lire également, ça va venir. Je simplifie donc au masculin. Je mets « auteure » plutôt que « autrice », ça me paraît plus joli. « Compositeure » ne s'écrit pas alors qu'on devrait avoir le choix. « Suzan » me plaît, ça fait bonbon, c'est bref et on ne voit plus Anne. Je suis comme ma mère qui préfère dire « la mère » à « la mère-de ». Question de goût.

Sophi·e qui s'arrange…

Suzanne de ma chanson, je n'arrive pas à ne plus t'écrire.

Suzanne du soir,

Je voulais t'envoyer ça, puis non, et finalement oui.

Je ne peux dire ça qu'à toi.

Je n'arrive plus à assister à un concert.

La plupart m'ennuient.

Je ne supporte plus les spectacles qui clignotent.

Je ne supporte plus les vidéos projetées pour meubler, celles qui font que tu ne regardes pas les musiciens mais ce qu'il y a derrière.

Je n'aime pas qu'une marque soit floquée sur un vêtement de scène.

Je n'aime pas ne pas ressentir de frissons.

Je n'aime pas quand un spectacle sent l'argent tout en étant dénué d'idées.

Je ne supporte pas la vue d'un ordinateur sur scène.

Je ne supporte pas quand la voix est inaudible.

Je me pose des questions sur mes concerts. Je suis, une fois encore, pétrie de contradictions. Demain je pourrais bien t'écrire l'exact opposé de toute cette liste d'une fille positive que je viens de dresser.

Sophie à l'envers

Chère amie,

Je suis contente de mes efforts, vingt-sept jours sans t'adresser une seule lettre.

Pas un mal de gorge, pas une seule aphonie. Pas de tournis, d'épaule bloquée, de crise de spasmophilie. Cette année, je n'ai pas été malade, peut-être suis-je immunisée ? Je progresse. Lorsque je partais en tournée, il y avait toujours un virus, une rhino-pharyngite qui tournait autour de mes cordes vocales jusqu'à prendre ma voix en otage. J'appelais la terre entière au secours, les médecins, les phoniatres, j'essayais les recettes de grand-mère, la cortisone, et finalement j'attendais que ça passe. Rien n'y faisait sauf la patience et le sommeil. J'ai dû élaborer des solutions, transposer mon répertoire plus bas pour ne pas annuler et arriver à fredonner quelques notes afin de ne pas décevoir le public. C'est ainsi que je t'ai chantée, « Suzanne », avec la voix de Barry White. Pour le reste, le temps a fait de moi un roc, je crois.

J't'embrasse

Suzanne,

Trente-deux jours sans toi.

Aujourd'hui, j'ai fait 11 080 pas, j'ai rédigé 43 655 mots, j'ai lu 30 000 signes, il est 13 h 56, il fait 12 °C, j'observe 6 822 899 écoutes sur une de mes chansons, je ne sais plus combien je pèse mais je fais toujours 178 centimètres, mon cœur bat à 85 mais il accélère souvent, j'ai eu 5 idées cette semaine, 1 seul déj', j'ai reçu 25 mails de pub et 6 textos de mes parents, je t'ai écrit 4 fois mais je n'ai envoyé qu'une lettre. Je vais y arriver…

Je te fais 3 bises comme dans les Charentes

Joyeux anniversaire, Suzanne !

Il n'y a pas un jour où je ne pense pas à toi. Voilà une année de passée où j'ai tenu sans te donner de nouvelles. J'ai repris le sport, je nage. J'écris des musiques de film. Je me projette à nouveau, je repars sur scène.

Ça va te faire rire, mais je me sens parfois comme Yvette Horner quand le rock'n'roll a détrôné le musette. Je vais bientôt avoir 55 ans ; voilà douze ans que tu as commencé à faire partie de mon quotidien, c'est un anniversaire auquel je suis attachée, il nous concerne toutes les deux.

Tu restes dans mes souvenirs, toi, mon amie. Un coquillage sur lequel je pose mon oreille pour écouter mon histoire. J'ai fouillé dans la grande armoire du passé. C'est parfois le bordel mais j'y vois plus clair. Tu auras été mon électrode, mon stimulant, ma vitamine.

Merci d'avoir été là, Suzanne. Bientôt est flou mais arrive très vite, je te dis à l'année prochaine.

« Tous les jours, Suzanne » va devenir « tous les ans, Suzanne ».

Sophie

P.-S. Tu te souviens de cette mélodie ? j'ai laissé tomber la chanson « Midi à sa porte », je préfère celle-ci :

*Grandir*

*Je t'écris d'un autre endroit*
*Là où le temps me laisse*
*La place que je ne prends pas*
*Tu vois je n'ai de cesse*
*De grandir, grandir encore*
*Je t'écris d'un territoire*
*Où les cheveux d'argent*
*Racontent une autre histoire*
*L'histoire du temps*
*Grandir grandir*

*Je veux faire de mon ciel*
*Un arc-en-ciel*
*Que ma volonté mes envies plurielles*
*Dansent tous les soirs*
*En scène mon histoire*
*Je veux faire de mon ciel*
*Un ciel de chance*
*Cultiver les fleurs*
*De l'indépendance*
*Et tous les soirs*
*Écrire mon histoire*

*Je t'écris de ma planète*
*Et ça fait des années*
*Ici de ma fenêtre*
*Je me suis retrouvée*
*Grandir grandir*

*Je l'ai regardée partir et s'enfuir de ma tête…*
*L'avenir l'avenir est un grand jour de fête*
*Grandir grandir*

À moi-même,

La distance, ce long chemin où j'aurais pu fléchir, me rappelle pourtant que je suis encore là au garde-à-vous devant l'enfance et mes rêves. Je n'en reviens pas d'avoir construit tout ça, moi l'autodidacte, la réservée, la froussarde mais peut-être aussi la plus déterminée. J'ai souvent eu l'impression d'avoir des années de retard, d'être longue, lente, mais petit à petit je me suis définie.

Mes sauts à la corde, puis à la haie, des slaloms, des virages, du champagne, de l'eau pétillante puis stagnante. Je ne pensais pas que les années mèneraient à l'escalade, à mains nues, avec cette force, celle qu'il me reste.

Mes nœuds dans la tête ont mué en lettres à Suzanne. Elles m'ont consolée comme elles ont pu, elles ont rempli mes bagages pour d'autres rebonds, une suite. Les rêves savent se déplacer et évoluer.

J'ai adopté une ligne de conduite : le plaisir, celui qui m'a fait choisir ma voie, celui qui élève pour devenir plus grande et porter ma voix telle qu'elle est. Je m'éteindrai un jour, dans longtemps j'espère. Ma traversée aura été belle.

Ai-je encore besoin de Suzanne ? Certainement comme on a besoin de tous ses amis et de ceux qu'on aime. Je me sens telle une funambule qui a le vertige mais ne tombe pas.

Tendrement,

La Grande Sophie

Merci à toi, Suzanne.

Merci à celles et ceux cités dans ce recueil. J'ai eu la chance de vous rencontrer. Vous faites partie de mon histoire et vous m'avez fait grandir.

Merci à ceux qui n'apparaissent pas mais qui étaient là aussi. Je ne les oublie pas. À nos souvenirs !

Merci au public d'être là invariablement sans compter les années.

Merci à 3C Tour, mon fidèle producteur de spectacles, et toute son équipe.

Merci aux labels, éditeurs, partenaires et leurs équipes.

Merci à Johanna Boyé pour la mise en scène et l'adaptation du spectacle tiré de ce livre.

Merci aux librairies, aux salles de concert, aux théâtres et aux bibliothèques qui vont accueillir ces lettres.

Merci à Vincent Moya de sa nouvelle présence au management.

Merci à toute ma famille, mes amies, amis, réels et virtuels.

Merci, Bob.

Merci spécial à Delphine de Vigan et Philippe Bresson.

Merci à Magali Cazo et ses encres.

Merci aux musiciens et aux techniciens qui ont été à mes côtés depuis le début.

Merci aux rêves, merci à Françoise Hardy, Catherine Deneuve et Philippe Katerine.

Merci à Phébus et au groupe Libella de m'accueillir dans leur maison.

Merci à Lucille et Amélie.

Merci à ma chère Marie Eugène de m'avoir choisie et escortée sur ce premier recueil.

Merci à vous qui lisez ces pages.

Merci à ceux et celles qui vont donner envie de les lire.

J'embrasse toutes les Suzanne.

J'embrasse la vie.

À l'amour, à la musique, au temps qui passe.

Vive la délicatesse et la bonté !

À l'espoir.

*Cet ouvrage*
*a été mis en pages par In Folio*
*reproduit et achevé d'imprimer*
*en décembre 2024*
*dans les ateliers de Normandie Roto Impression s.a.s.*
*61250 Lonrai*
*N° d'imprimeur : 2404935*

*Imprimé en France*

Dépôt légal : janvier 2025